妖怪一族①

妖怪九十九搬新家

文 富安陽子 圖 山村浩二 譯 游韻馨

目錄

一　九十九先生一家　8
二　搬進化野原集合住宅區　36
三　深夜超市裡的可疑男子　72
四　妖怪抓小偷　96
五　喬遷派對之夜　131
推薦文　怪裡怪氣怪可愛的妖怪一族，就在你身邊！　182

角色介紹

居住在化野原集合住宅區的妖怪九十九先生一家

山姥

九十九一家的奶奶。居住在深山中的年長女妖，有吃人的習慣。也稱作鬼婆、鬼女。

見越入道

九十九一家的爺爺。喜歡在深夜驚嚇路人的妖怪，可以自由改變體型大小。

轆轤首

九十九一家的媽媽。長頸妖怪，脖子能伸縮自如，甚至可以伸長到超高樓層。

滑瓢

九十九一家的爸爸。聰明又優秀的化野原妖怪首領，有著老成的外貌和光頭。在別人家總表現得像主人一樣。

一目小僧阿一

九十九一家的大兒子。光頭，額頭正中間只有一隻眼睛的妖怪，但是視力很好，連遠方的事物都能看得一清二楚。

天邪鬼阿天

九十九一家的小兒子。喜歡惡作劇的妖怪，力大無窮、跑步飛快。

小覺

九十九一家的女兒。天生具有超強讀心術的妖怪，在她面前，沒人能隱藏自己真實的想法。

角色介紹

九十九先生一家的人類朋友

野中先生

市公所地區共生課的職員，專門處理因為住宅開發而衍生的先住妖怪問題。

的場局長

化野原集合住宅區的管理局長。態度親切、身段柔軟，不管住宅區發生什麼問題都能立刻解決。

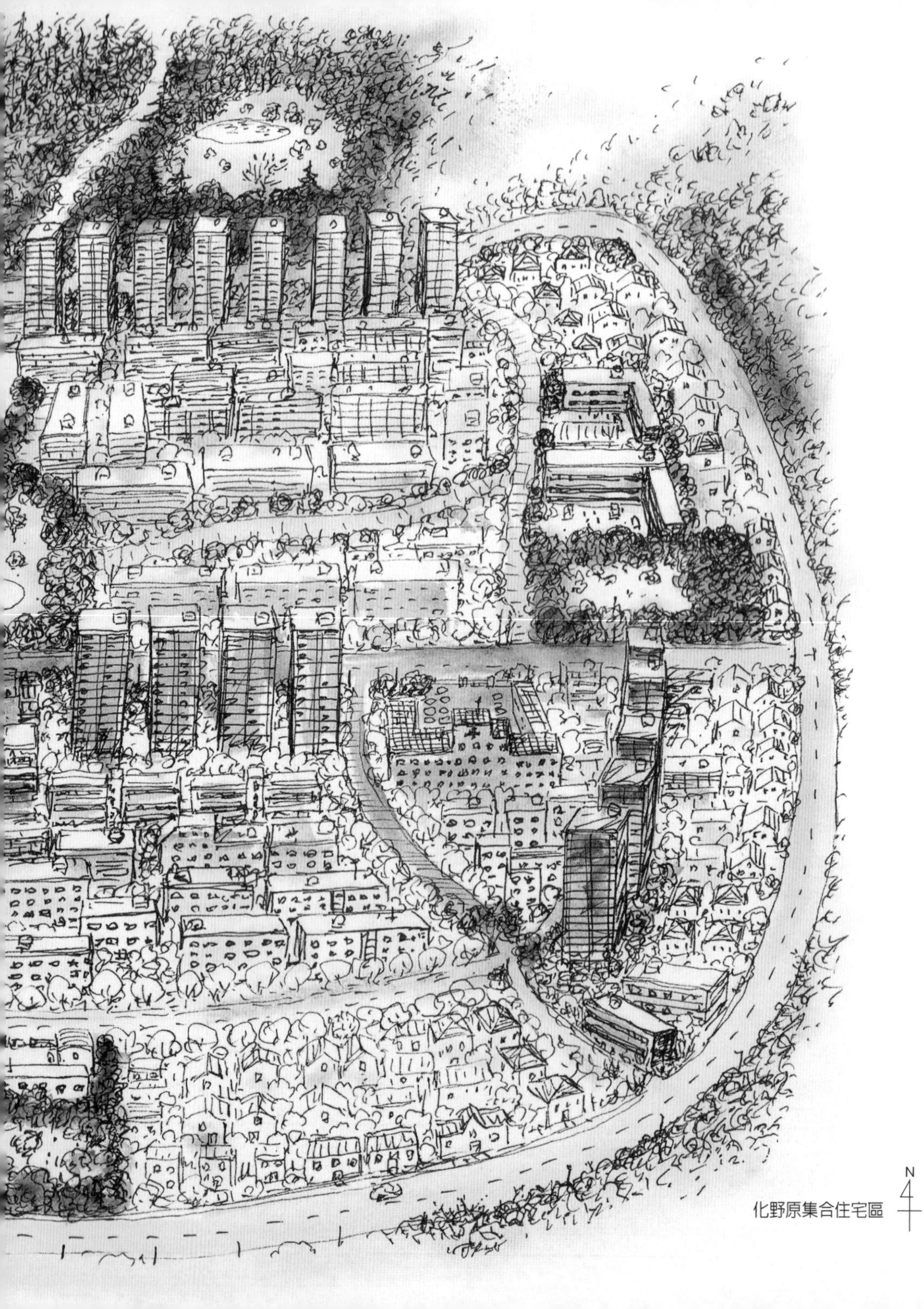
化野原集合住宅區
N

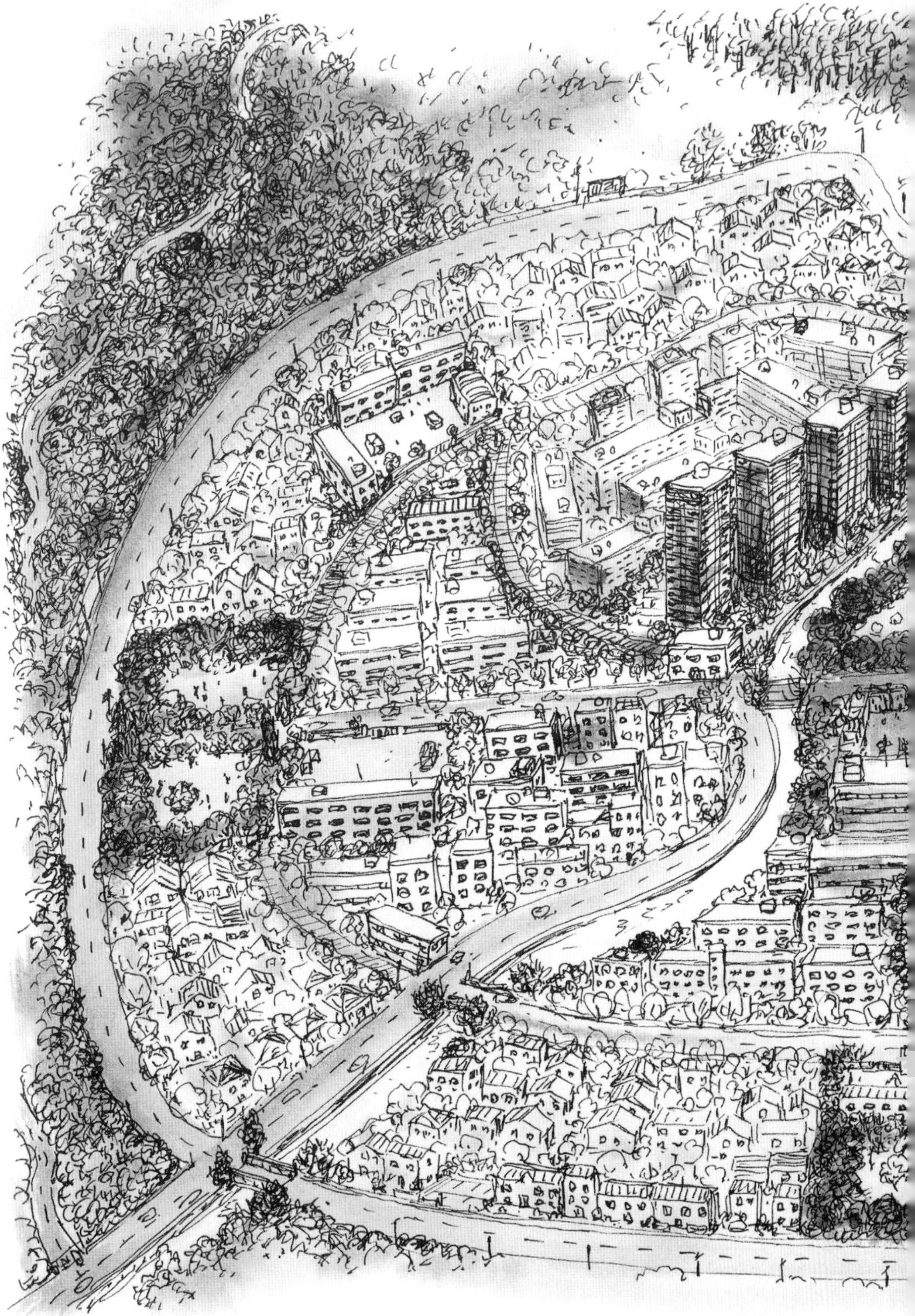

一 九十九先生一家

九十九先生一家住在化野原集合住宅區東町三丁目B棟的地下十二樓。雖然用「一家」來稱呼他們，但九十九先生一家七口並沒有血緣關係。或許應該這麼說才對，他們的身體裡本來就沒有血液，因為他們都是妖怪。

什麼？竟然有妖怪住在集合住宅區裡？這件事說來話長，那就從這裡開始說起吧！

現在的化野原集合住宅區，在很久很久以前住著一大群妖怪。這裡原本是一片草木茂盛的原野，生長著廣闊的樹林而且十分安靜。不過有一天，人類突然來到這裡砍伐樹木、挖掘土地，開始興建大規模的集合住宅區。

妖怪們對這件事驚訝不已，而且十分生氣。請各位仔細想一想，如果有人突然跑到你家拆房子，還在土地上興建新的建築物，你能坐視不管，一句話也不說嗎？所以也有妖怪出言恐嚇：「我現在就要將這些可惡的人類，一個個大口吃掉！」

幸好住在化野原一帶的妖怪首領——滑瓢非常聰明又優秀，這對人類來說也是一件好事。

「好了，冷靜一點。」滑瓢安撫那些怒氣沖沖的送行狼（注①），並對他們說：「突然說要把人類大口吃掉，這樣未免太衝動了。而且最近妖怪醫學會不是才說吃人類對身體不好嗎？要是胡亂抓到人就吃，只會害到你自己而已，不如由我跟對方的負責人談一談吧！」

於是，滑瓢代表妖怪們前往市公所的「市民服務政策課」，尋找承辦這件事的負責人。

坐在櫃臺前執行業務的職員名叫三宅，滑瓢一到他面前就開門見山的說：

「你好，我想跟你談一下在化野原興建中的集合住宅區。你知道那個地方有先住民居住嗎？

「你不知道？那可不行。老實告訴你，那片土地從很久很久以前就住著許多妖怪，而且妖怪們強烈反對這次的興建案。如果你們不顧妖怪的反對，硬要進行這項工程，我可不保證那些怒氣沖沖的妖怪不會失控，把你們一個個吞下肚。

「若是真的走到那一步就太遲了，所以我今天才代表那些妖怪來這裡，和市政府的負責人聊一聊。你能幫我請集合住宅區建設工程的負責人出來嗎？」

櫃臺的職員完全不相信滑瓢說的話。三宅表面看起來一本正經，似乎有在認真聽滑瓢的發言，心裡卻想著：「真倒楣，怎麼又有奇怪的傢伙來了？居然說集合住宅預定地有妖怪居住？那些妖怪還要大口吃掉人類？這傢伙是電視看太多了吧？要不然就是個漫畫迷，分不清楚幻想和現實。我怎麼可能配合這種傢伙說夢話呢？別開玩笑了！」

三宅在心中嘲笑滑瓢，然後一聽完他說的話，便下定決心要打發掉眼前這個找麻煩的傢伙。

於是，他對滑瓢說：「您要談的這件事，不是我們的業務範圍，請您去找『市民諮詢室』。您沿著這條通道直走到盡頭會看到一扇門，開門出去的右手邊有間辦公室，那裡就是『市民諮詢室』。請您往這邊走。」

滑瓢聽從三宅的指引，經過好幾個櫃臺窗口，來到了通道的盡頭。他打開門，走到位於右手邊的「市民諮詢室」，然後伸手敲了敲辦公室的門。

滑瓢對諮詢室的承辦人員——丸山，又詳細說了一遍他剛才對三宅說過的內容。

丸山剛開始是腦袋放空的聽滑瓢說話，沒想到聽到一半就笑了出來，最後竟然還不顧禮儀的笑到肩膀顫抖。覺得這件事荒謬至極的丸山，忍不住開口說：「您是說妖怪嗎？您剛剛說化野原集合住宅預定地早就有妖怪居住在那裡？這真是太有趣了！」

看到丸山的反應，滑瓢灰心的輕輕嘆了一口氣。丸山會認為這是在開玩笑，是很正常的反應，因為大多數的人類都堅信這個世界上沒有妖怪。

更何況「滑瓢」這種妖怪的外貌，原本看起來就很像人類。而且為了前往人類居住的城鎮，滑瓢今天還特地穿上正式的雙排扣西裝，招牌鬍子也梳得整整齊齊，頭上還戴著圓頂硬禮帽。看到眼前彬彬有禮的紳士，丸山絕對不可能認為他是妖怪。

為了達成使命，滑瓢耐心的說服丸山：「無論如何，請讓我見一見化野原集合住宅區建案的負責人。」

丸山無可奈何的聳了聳肩，對滑瓢說：「好吧，請您到都市計畫部的『造鎮政策課』去問一問吧！您從這裡走到樓上，樓梯入口處的第二個櫃臺就是『造鎮政策課』。」

滑瓢沒有其他辦法，只好走到樓上，再次對著「造鎮政策課」的承辦人員——佐山重複同一段話。不過佐山對滑瓢說的話毫無興趣，才聽到一半就開口打斷他，說：

「您說的這件事不歸我們管，請您去找『開發調整課』處理，您只要再往前走兩個櫃臺就行了。」

後來，滑瓢從「開發調整課」被打發到「都市環境政策課」，接著對方又要他去找「都市環境動物課」，最後「都市環境動物課」的承辦人員，居然要滑瓢去找他一開始詢問的櫃臺——市民服務政策課。

市民服務政策課的三宅，看到剛剛被打發走的滑瓢又回來了，感到十分驚訝。他不想再捲進麻煩事裡，於是趁著滑瓢還沒走近，立刻離開座位走掉了。

所以當滑瓢站在市民服務政策課的櫃臺前，出來迎接他的人並不是三宅，而是吉野課長。儘管滑瓢既氣憤又煩躁，他還是向吉野課長說了第七次相同的話。

聽完滑瓢的話，吉野課長說：「哦，您要談這件事啊！負責人在他的辦公室，請您過去找他。您先沿著那條走廊走到盡頭，再走樓梯到地下一樓。地下一樓的角落有間辦公室，您敲門進去找一位姓野中的職員就可以了。」

滑瓢大大的嘆了一口氣，心想：「這傢伙又想打發我了。」即使如此，他還是耐著性子，照吉野課長說的往下走到地下一樓。在昏暗的樓梯下方有一間辦公室，門口的牌子上寫著「地區共生課」。

滑瓢心想：「呵呵呵，這裡陰暗潮溼，根本就是妖怪最愛的空間啊！」他舉起手，敲了敲門。

辦公室裡傳來一句爽朗的回應：「請進。」

滑瓢打開門走進去，看到一張堆滿文件的辦公桌。有位身材矮小的圓臉年輕男子，直挺挺的站在辦公桌後方，迎接滑瓢的到來。這間辦公室沒有其他人，看來眼前的男子應該就是吉野課長說的野中先生。

「你好，」滑瓢向他鞠躬致意，「我剛剛去了市民服務政策課，對方要我來找你。事情是這樣的……」

正當滑瓢要第八次說明來意時，野中先生出聲打斷了他。

「您不用說了，我大概猜得到您的來意。我想請教您一件事，您是為了哪一個集合住宅區來的呢？」

滑瓢還來不及說明來龍去脈，就被野中先生一句「我大概猜得到您的來意」給堵住了嘴。儘管有點手足無措，他還是回答了問題。

「我是為了化野原集合住宅區來的。」

「嗯、嗯、嗯。」野中先生點了三次頭。

「原來如此，我明白了，原來是那裡啊！滑瓢先生，您是想說那個地方有先住妖怪對吧？」

聽到他這麼說，滑瓢嚇了一大跳，靜靜盯著圓臉的野中先生。

野中先生說：「來，您請坐。」

野中先生指著辦公桌前的椅子，示意滑瓢坐下。他自己也一屁

股坐上辦公桌後方的旋轉椅，發出「嘎吱嘎吱」的聲響。

辦公椅的椅背設計得又硬又直，滑瓢打直腰桿坐在椅子上，隔著桌上的文件堆向野中先生說：

「你怎麼知道我是滑瓢？我根本還沒有向你報上名號。」

野中先生聳了聳肩，用一副「這種事還用得著問嗎？」的神情回答。

「不瞞您說，我是這方面的專家。從過去到現在，我見過各式各樣的先住妖怪。

「滑瓢先生，其實像您這樣親自過來陳情的妖怪還不少。人類這幾年大肆開發住宅區，將馬路開通到深山和森林，在那裡蓋房子，當然會驚動到原本隱居在那裡的先住民。我都稱呼那些先住民為『先住妖怪』，他們受到人類的驚擾，就會到市公所抱怨或陳情。

「我所屬的『地區共生課』設立於十年前，專門處理因為住宅開發而衍生的先住妖怪問題，不過市公所裡只有少數職員知道我們這個課的業務是在做什麼。這也不能怪他們，畢竟真心相信這個世界上有妖怪的人少之又少，會有這個狀況也是理所當然。」

滑瓢點頭同意他的說法。

「我明白了。既然如此，事情就好辦了。你應該知道我是來拜託什麼事的吧？誠如你方才所言，化野原集合住宅的預定地，在好幾百年前就住著許多妖怪。所以我希望你們能停止開發作業。」

野中先生停頓了一下，雙眼直盯著滑瓢，然後慎重的搖了搖頭。

「滑瓢先生，很抱歉，我們沒辦法停止這個計畫。我很同情您們的遭遇，但是沒辦法停止開發案。其實一直以來都有先住妖怪要求我們停建住宅區，但是沒有任何一個開發案因此撤銷，先住妖怪的請求也從來沒有實現過。

「就像我剛才和您說過的，大多數人類都認為這個世界上沒有妖怪，因此無論您的族類有多堅持『開發區自古以來就是他們的土地』，也沒有人會把這件事當真。簡單來說，您和您的族類並沒有市民權。」

野中先生的話惹惱了滑瓢，滑瓢一臉嚴肅的說：

「你的意思是，我今天白跑一趟嘍？既然如此，你們為什麼要成立這個專門處理先住妖怪問題的部門？你又為什麼坐在這裡？」

野中先生冷靜的回答：「我沒辦法停止集合住宅區的開發案，但是我可以協助先住妖怪與新城鎮共生共存。所謂的共生，意思就是大家一起和樂融融的共同生活，我可以針對這個目標，提出具體的解決方案。第一個方案，是您和您的族類搬到其他地方居住。」

滑瓢不高興的哼了一聲，說：「你要我們離開住了好幾百年的土地，搬到陌生的地方居住？我怎麼可能同意這種事！」

「您說的是，」野中立刻回答：「第一個方案行不通，還有第二個方案。您要不要考慮和您的族類一起在新的集合住宅區生活呢？住在集合住宅區其實很舒適喔！」

野中先生的提議讓滑瓢十分吃驚，儘管他在出門前早已將臉上的鬍子梳理得整整齊齊，但還是掩蓋不了瞠目結舌的反應。

滑瓢驚愕的盯著野中，心想：「這傢伙竟然要妖怪住進新蓋好的集合住宅區和人類一起生活，開什麼玩笑！」

「哈哈哈，您看起來很驚訝的樣子。」野中先生看著滑瓢，開心的笑了起來。

「之前來陳情的先住妖怪，聽到我的提議也很吃驚，不過真的有不少妖怪在集合住宅區生活喔。老實跟您說，現在到處都有人類與妖怪共生的集合住宅區，只是大家不知道而已。」

滑瓢嘟囔著說：「這怎麼可能，我不相信！人類居住的房子，不是跟箱子一樣又窄又小的容器嗎？怎麼可能會有妖怪願意住進那個箱子……不，應該說妖怪根本不可能在那種地方生活啊……」

野中先生繼續說明：「不、不、不，其實不一定要住在建築物裡面。我們準備了各式各樣的環境，讓先住妖怪可以住得舒適愉快。舉例來說，我們在集合住宅區保留了原本的樹林和池塘，或是打造公園綠地，備妥豐富的居住環境讓各位免費入住。相對的，我們也希望妖怪朋友們可以協助經營集合住宅區，這就是地區共生專案的基本方針。」

「協助經營集合住宅區？」滑瓢困惑的皺起眉頭。

野中先生笑著點了點頭說：「沒錯。以柏原町的柏集合住宅區為例，那裡原本有三隻雷獸（注②）居住。我想您應該聽過雷獸吧？就是那個會轟隆隆打雷，並在空中飛來飛去的妖怪。柏集合住宅區的每棟公寓屋頂都有空中花園，雷獸可以免費住在廣闊的空中花園，但是他們要負責供應電力，應付整個住宅區自主發電總電力的一半。

「一般來說，一隻雷獸吼一聲創造出來的電力，能供給整個住宅區使用兩天，所以對雷獸來說，要供應一半的電力可以說是輕而易舉，而且當地住戶也能享受到便宜的電費，大家都相當開心呢！當然這些人類住戶做夢也沒想到，社區的自主發電竟然是由雷獸幫忙供應，他們都以為是公寓屋頂設置了太陽能發電系統呢！」

野中先生的說明，讓滑瓢越聽越吃驚，越聽越入迷。

野中先生身體前傾，從堆積如山的文件中探出頭說：

「滑瓢先生，請您和您的族類務必留在化野原集合住宅區！我會盡一切力量，讓各位先住妖怪住得更幸福、更舒適，與其他住戶一起和樂生活。」

與野中先生談完之後，滑瓢把話帶給住在化野原的妖怪們。

之後，滑瓢也擔任起中間人，在妖怪和野中先生之間往來溝通。剛開始妖怪們聽到要住在集合住宅區，紛紛出言反對，但是野中先生每天晚上都會到化野原向妖怪們解釋，久而久之，妖怪們也改變了想法，覺得「在集合住宅區生活似乎也不錯」。

妖怪們隨興慣了，總是想怎麼樣就怎麼樣，不過野中先生十分有耐心的聆聽他們的心聲，還想出許多點子滿足每位妖怪的需求。在野中先生的努力之下，終於讓所有妖怪都同意住進化野原集合住宅區。

「哎呀！」野中先生對滑瓢說：「這可是第一次有這麼多種妖怪住在同一區呢！能讓這麼多種先住妖怪願意留在集合住宅區生活，

是最令人開心的事情了！化野原集合住宅區有各種不同的妖怪和人一起生活，可以說是世上罕見的社區呢！」

化野原集合住宅區的正中間有一座中央公園，公園裡挖了一個大池塘，名為「滿月池」。滿月池是河童（注③）的棲息地。河童住在池塘裡，同時也負責保護居民免受水患之災。烏天狗（注④）一家住在南町一丁目A棟屋頂的塔屋，職責是從塔屋眺望城鎮，如果住宅區發生火災，就要第一時間通知消防局。住宅區北側斜坡一帶原本有一大片樹林，其中一部分保留了下來，送行狼一族便在樹林的地底挖掘巢穴，負責在住宅區四周巡邏，避免居民遭小偷，發揮守望相助的作用。

至於其他妖怪則像家人一樣生活在一起，住在東町三丁目B棟地下十二樓。

若以家人的角色類比，這個家族的成員包括：父親「滑瓢」、母親「轆轤首」、奶奶「山姥」、爺爺「見越入道」，還有兒子「一目小僧」與「天邪鬼」，以及能看穿人心的女兒「小覺」。一家七口共同在集合住宅區裡生活。

注①：一種日本妖怪。依據各地傳說有時是送行犬，有時是送行狼，會在夜晚的山路上跟在行人後頭。

注②：在中國與日本的傳說中，會隨著閃電出現的妖怪。外觀長得像小狗，尾巴像狸貓，據說有著銳利的爪子。

注③：一種日本妖怪。有鳥的喙、青蛙的四肢、猴子的身體以及烏龜的殼，住在河川或池子裡。

注④：日本傳說中的妖怪，為天狗的一種。有和烏鴉一樣的尖嘴和漆黑的羽翼，因此得名。

二 搬進化野原集合住宅區

化野原集合住宅區，是一個預計讓三萬人居住的大型造鎮計畫。其中包括超過三百棟低樓層、中樓層與高樓層公寓，還有三間小學、幼兒園和托兒所，再加上國中、高中、購物中心、郵局，就連醫院和消防局也一應俱全。造鎮期間，妖怪們全都躲在化野原北邊的深山裡，見證集合住宅區興建的過程。

妖怪們目瞪口呆的看著工人們挖開地面、倒入水泥，在水泥地裡插入高聳的鋼筋，一步步蓋出高樓。一想到自己長年居住的故鄉逐漸改變了模樣，內心不免感慨萬千，但見證新城鎮的建造過程，還是令妖怪們興奮不已。

原本雜草叢生的原野蓋出一所全新小學，裡面有廣闊的校園，二十五公尺長的游泳池，還有一棟閃閃發亮的白色三層樓校舍。原先布滿竹林的山丘上，如雨後春筍般冒出一棟棟高樓大廈。柏油路宛如河川一路延伸，高高的路燈排成兩列，像是在為道路鑲邊。

隨著時間過去，新城鎮終於完工了。新家完成後，妖怪們選了一個沒有月亮的寧靜夜晚，趁著還沒有居民入住，率先搬進化野原集合住宅區。

雖說是搬新家，但妖怪們並沒有行李要拿，他們只是兩手空空的走出深山，再兩手空空的走進自己的新住處。

送行狼一族住進城鎮北邊的樹林；河童一族的新家位於中央公園的滿月池；烏天狗一家躍上南町一丁目A棟的塔屋；滑瓢一家七口則是住進東町三丁目B棟的地下十二樓。

話說回來，原本滑瓢一家七口都是各自獨立居住的妖怪，他們不像河童或送行狼過著群體生活，也不像烏天狗是一家人住在一起。這些獨居妖怪在搬進住宅區前曾經這麼說：「我擔心自己無法在人類的住宅區裡獨立生活。」野中先生得知他們的顧慮後，主動提出建議。

「在適應人類的住宅區之前，不如和大家一起住吧？就像一家人那樣共同生活。」

為了慶祝滑瓢一家的喬遷之喜，野中先生特地送了一塊門牌給他們。

「今後你們要像家人一樣生活在一個屋簷下，所以大門一定要掛上寫著姓氏的門牌。門牌上的姓氏是『九十九』，這個數字與妖怪有很深刻的歷史淵源，請你們收下。」野中先生說完，便將全新的門牌送給滑瓢。

後來野中先生拜託滑瓢爸爸，請他繼續擔任化野原的妖怪首領，負責整合協調在住宅區生活的妖怪們，還將化野原集合住宅區的管理局長——的場，介紹給滑瓢認識。

的場局長是一位光頭大叔。野中先生對滑瓢說：

「的場局長很清楚化野原集合住宅區的所有事情，當然也包括你的族類……我想要是住宅區內沒有人知道你們的存在，對你們來說也不方便。滑瓢先生，如果你有任何煩惱或不方便的地方，請務必找的場局長商量。你放心，如果真有什麼萬一，我也會立刻飛奔過來……不過，我還是希望不會發生這種情況。」

就這樣，滑瓢一家……不對，是妖怪九十九一家七口展開了新生活。

九十九公館位於地下十二樓，內部空間大約十五坪，安裝了一臺六十吋液晶電視的挑高客廳，以及符合家人數量的七間臥室，再加上寬敞的餐廳兼廚房。另外還有一間大浴室，裡面不僅有按摩浴缸，更引入了從地底深處湧出的溫泉。

儘管如此，山姥奶奶第一次踏進新家玄關環顧四周時，仍不免嘆了一口氣說：「這房子太小了吧……」

見越入道爺爺抬頭看向天花板，也忍不住抱怨：「我要是在房子裡變大，頭不就要撞到天花板了嗎？」

也不能怪他們抱怨，這些妖怪過去一直住在沒有天花板和牆壁的原野，過著無拘無束的生活，要他們住在四周都圍著水泥牆的房子裡，就像是把他們塞進小箱子一樣。

不過，新生活並非全是壞事。

山姥奶奶第一次看到電視，竟然驚喜得手舞足蹈起來！

入住新家的那一天，住宅區管理局的的場局長來到了他們家。的場局長向滑瓢一家解釋屋內各種設備的用法，當他一按下六十吋

液晶電視的開關，山姥奶奶立刻雙眼發亮的迷上了電視。

「哇！你們快看，這個盒子裡有小人在說話呢！那是人類還是妖怪？喂，哈囉，看我這邊！」

的場局長看到山姥奶奶的反應，便對奶奶和九十九一家詳細說明電視的功能。

「各位請聽我說，這個東西叫做電視，是一種透過螢幕觀看影片的機器。即使我們呼喊電視裡的人，他們也聽不見，請不要以為他們是故意不理你。這個是開關，只要按下這個按鈕，電視通電後螢幕就會出現影片畫面。

「這個是遙控器，你們可以用它切換頻道。每個頻道播出的節目不同，你們可以選擇自己喜歡的頻道收看。」

果不其然，山姥奶奶就像的場局長說的那樣，立刻沉迷在電視節目裡。她很快就學會遙控器的用法，不僅切換自如的瀏覽所有頻道，連錄影功能也輕鬆駕馭。對了，山姥奶奶最喜歡看西洋電影，而且還是有恐龍和外星人登場的那種科幻片！

見越入道爺爺與兒子阿天最喜歡大浴室。啊，「阿天」就是滑瓢一家的小兒子——天邪鬼。九十九先生一家有兩個兒子，分別是小名叫「阿一」的一目小僧，以及小名是「阿天」的天邪鬼。他們家還有一個女兒，名字是「覺」，小名就叫「小覺」。孩子們還是要取小名比較方便稱呼，以後無論是要叫他們吃飯、稱讚他們或是叫他們去睡覺，都可以用他們的小名。

見越入道爺爺和天邪鬼阿天，很喜歡浴室那座只要按下按鈕，就會「噗嚕嚕」噴出水流的按摩浴缸。過去幾百年，他們從來沒有泡過澡，現在就像是要泡夠本一樣，只要一有空便成天泡在按摩浴缸裡，其他家人也拿他們兩個沒轍。

轆轤首媽媽的臥室裡，放了一面很大的三面鏡。媽媽十分高興的表示：「有了這面鏡子，不只是前後左右，就連後腦杓也能看得一清二楚。」她還興奮的在鏡子前一會兒伸長、一會兒縮短脖子，欣賞自己身上最值得驕傲的部位。

至於一目小僧阿一，他最喜歡的竟然是吸塵器！阿一只有一隻眼睛，不過他的視力相當好，可以把房子裡的每個角落看得一清二楚。拿著吸塵器將散落四處的小碎屑和灰塵吸得乾乾淨淨，總是讓他覺得有趣到無法自拔。

阿一的個人興趣，讓九十九公館的地面能夠永遠保持乾淨整潔，就連一粒灰塵也找不到。

女兒小覺第一次走進自己的臥室時，發現床上擺了一尊大型娃娃，令她十分驚喜。那尊娃娃有一頭用褐色毛線做成的頭髮，綁成兩條垂在肩上的麻花辮，身上穿著紅色裙子，以圓形鈕扣做成的眼睛仰望著小覺。

「你叫什麼名字？」小覺輕輕抱起娃娃，小聲的問：「這樣啊，你叫梅梅托啊！」小覺點了點頭。

從那一天起，小覺就和娃娃梅梅托建立了好交情。她一定是讀懂了娃娃的內心，所以她們兩人成為了無話不談的好朋友。

滑瓢爸爸的臥室裡，有三面牆放滿了高至天花板的書櫃，裡頭陳列著各種引人入勝的書籍。不用懷疑，滑瓢是識字的。他活了好幾百年，識字是基本能力，不過到目前為止，他還沒有讀過這些能稱之為書的東西。

書櫃裡有英國戲劇之父莎士比亞全集、美國小說家海明威全集、日本小說家吉川英治全集，還有英國偵探小說作家阿嘉莎．克莉絲蒂、美國推理作家范．達因、美籍推理小說家狄克森．卡爾的小說譯本，也有江戶川亂步和松本清張等日本推理大師的作品。不僅如此，還有植物圖鑑、動物圖鑑、昆蟲和魚類圖鑑，當然也有像是《讀了可以讓你更聰明》以及《讀了就懂日本歷史》的閒書。

滑瓢最喜歡躺在臥室角落的吊床上，一本接一本的讀書。

妖怪們就這樣在生活中找到各自的新樂趣，不過他們也不會因為這樣就整天待在家裡。

白天太陽高掛的時候，妖怪們就待在家裡睡午覺，或是做自己想做的事情打發時間。等到太陽西下，夜幕開始籠罩整座城鎮，妖怪九十九一家就會出門散步。他們不是在街上遊蕩，就是到北邊的樹林悠閒漫步，享受戶外的新鮮空氣。

妖怪們剛搬新家的時候，化野原集合住宅區還沒有任何人類入住，但隨著時間過去，越來越多人住進了這裡。

一到晚上，原本漆黑一片的公寓窗戶，開始透出一盞又一盞的燈光。燈光數量就像雨後的螢火蟲一樣瞬間暴增。沒過多久，化野原集合住宅區已經住滿了人類。

幸好妖怪九十九一家的外表和人類差異不大。滑瓢爸爸看起來像是大公司的重要人物，轆轤首媽媽走優雅溫柔的貴婦路線，山姥奶奶就是一個喜歡說閒話的可愛老婆婆，見越入道爺爺則總是板著面孔，給人一種老派爺爺的感覺。

另外三個小妖怪，若說他們是人類小孩也不會讓人起疑。女兒小覺看起來就像是頭腦聰明的小一學生；兒子阿天簡直就是小學三年級的頑皮鬼；至於另一個兒子阿一，他每次出門都會戴上帽簷很寬的棒球帽，用來遮住唯一的一隻眼睛，乍看之下就是個就讀小學五年級的成熟穩重大哥哥。

因此，即使人類的住戶越來越多，妖怪九十九一家依舊可以自由自在的在住宅區閒晃。他們不僅每天晚上都會出門散步，還會搭乘電梯，就連社區舉辦的環保大作戰活動，他們也全員參加。

對了，妖怪九十九一家住的東町三丁目B棟，是一棟十二層的大樓公寓。住宅區內的住戶沒有人知道那棟公寓有地下十二樓，也不知道妖怪一家住在那裡。B棟的電梯按鈕也只有一到十二樓，這樣要怎麼抵達地下十二樓呢？祕密就在電梯按鈕的按法。

化野原
集合住宅區
東町三丁目
A B C D E

簡單來說，只要依序按下數字——九十九——電梯就會抵達地下十二樓。

當然，偶爾也會發生一些小問題。不過每次出現危機，集合住宅區的管理局長——的場先生就會跳出來解決。的場局長對人類和妖怪的態度都很親切，而且身段柔軟，這也是滑瓢最佩服他的地方。不僅如此，的場局長還是一位膽子很大的大叔，不會因為一點小事就驚慌失措。他的口頭禪是「沒問題」，不管住宅區裡發生什麼事，他都會說「沒問題」，然後立刻解決。

就拿九十九一家剛搬進新家一個月左右的時候，發生的那件事來說吧。

有一天，的場局長來到九十九公館按門鈴。

「來了！」轆轤首媽媽在門內應聲之後打開大門。她看到的場局長站在門口，有些訝異的倒吸了一口氣，因為她知道的場局長會來家裡找他們，一定是發生了什麼事。

轆轤首媽媽開口問：

「請問……有什麼事嗎？」

其他家人聽到門鈴聲，也紛紛出來查看，一直詢問：「怎麼了，怎麼了？」

「其實也不是什麼大事，只是我想還是告訴你們比較好。事情是這樣的，昨天晚上東町三丁目的人行道上，發生了一件小插曲。有一位姓島田的男性住戶下班喝了點酒，沿著人行道搖搖晃晃的走回家。他說自己看到一個身材矮小的光頭老爺爺從對面走過來，那名身材矮小的老爺爺叫住島田，對他說：『喂，你說我和你比起來，誰的頭比較大啊？』」

「身材矮小的光頭老爺爺，該不會就是……」轆轤首媽媽不安的喃喃自語。

九十九一家面面相覷，就在此時，所有人都發現一件事……聚集在玄關看熱鬧的妖怪家人中，沒有見越入道爺爺的身影。

的場局長不受影響的接著說：「島田先生想著『這位老爺爺的問題好奇怪啊』，於是笑著回答他：『你問誰的頭大？那還用得著問嗎？當然是我的頭大啊！』那位老爺爺聽到島田這麼說，就用威嚇的語氣問：『真的是你的頭比較大嗎？』接著身體就突然膨脹了起來。老爺爺的身體在島田先生眼前越變越大，最後竟然變得比十二層樓高的B棟建築還大。島田先生嚇得跌坐在地，看得目瞪口呆。總之，事發經過就是這樣。

「幸好島田先生知道遇見妖怪見越入道，只要唸出『見越入道，

我已看穿』，妖怪的身體就會恢復正常尺寸，所以沒發生什麼大問題。要是他不知道這個咒語，不曉得會引發怎樣的大災難呢！」

九十九一家陷入沉默，只有天邪鬼阿天發出「咿兮兮兮」的笑聲，看起來很開心的樣子。

「那一定是爺爺幹的好事，絕對是我家爺爺做的！」

轆轤首媽媽小聲說：「哎呀，該怎麼辦才好……」

的場局長立刻回答：「別擔心，已經沒問題了。我剛剛和島田先生重回現場查看，確定沒有任何可疑的痕跡。我跟他說如果真的有人變那麼大，一定會留下蛛絲馬跡。我們沒有找到任何證據，所以島田先生也認為可能是自己喝醉了在做夢。」

滑瓢趕緊鞠躬致謝：「謝謝，這次承蒙你照顧了。」

的場局長客氣的直搖頭說：「哪裡哪裡，你客氣了。」但他還是不忘叮嚀，「只是那個……爺爺那邊再麻煩你們說一聲，請他不要做得太過火。」

的場局長說完就離開了。滑瓢爸爸深深嘆了一口氣，走到見越入道爺爺的房門口敲了敲門。

房門「喀」一聲打開了，從門縫中可以看到見越入道爺爺一臉不開心的樣子。

見越入道爺爺問：「什麼事？」

滑瓢爸爸再次深深嘆了一口氣，天邪鬼阿天又「咿兮兮兮」的笑了出來。

「爺爺，你昨天晚上是不是嚇到下班回家的島田先生了？」

聽到滑瓢這麼問，爺爺哼了一聲，不耐煩的回答。

「我不知道，我沒問他的名字。」

「知不知道名字不是重點，你還記得我之前說過，絕對不能嚇到這裡的住戶嗎？」

對於滑瓢的說法，見越入道兩手一攤，聳了聳肩說：「我怎麼知道那個人是不是這裡的住戶？難道你要我遇到每個人都先問他住在哪裡嗎？」

滑瓢受夠了見越入道的態度，於是語氣堅定的說：「總之，我希望你不要在集合住宅區裡讓身體變大。如果你真的忍不住想要變大，就找一個沒有月亮的夜晚，去深山裡變身吧！」

見越入道爺爺驚訝的搖了搖頭，開口說：「要我自己去深山裡變大？在沒有驚嚇對象的情況下，自己一個人將身體變大嗎？那還有什麼樂趣可言？你這傢伙根本搞不清楚狀況！」

滑瓢再次大嘆一口氣，接著慎重的叮囑見越入道，要在這裡生活，就一定要遵守集合住宅區的規矩。

後來有一天，又發生了一件事。

當天深夜，的場局長突然出現在九十九公館。事實上，對九十九一家來說，深夜時間相當於中午，所以的場局長還在擔心九十九一家會不會出門散步了。他按下對講機，沒想到所有妖怪都聚集到玄關來了。

轆轤首媽媽請的場先生進屋，的場局長客氣的婉拒，直接說明來意。

「事情是這樣的，剛剛西町一丁目A棟七〇二室的安田太太來找我，說她養的寵物貓咪子出去散步，到現在還沒有回家。」

「原來是這樣啊！」轆轤首媽媽點了點頭。聚集在玄關的九十九一家面面相覷，這才發現平時一有事總是跑第一的山姥奶奶，現在竟然不見人影！

的場局長接著說：「安田太太說，跟她住在同一棟大樓三樓的鄰居，曾經看到了咪子的身影。大概是在一個小時前，一位不知道從哪裡來的老婆婆，將一隻貓塞進了一個大袋子，她將袋子背在肩上，走進了東町三丁目B棟……安田太太的朋友說，那隻貓看起來很像咪子……」

轆轤首媽媽不安的說：「東町三丁目……B棟嗎？」

一目小僧阿一答腔：「那不就是我們家這棟樓嗎？」

滑瓢問：「的場先生，你認為那位把貓塞進袋子裡帶走的老婆婆，就是我們家的奶奶嗎？」

就在這個時候，天邪鬼阿天大叫：「你們聽，快聽！」

所有人屏氣凝神仔細聆聽，發現房門緊閉的山姥奶奶臥室裡，傳出了奇怪的聲音，而且其中還夾雜著開心的哼歌聲。不僅如此，竟然還有貓咪的哀號！

「霍霍、刷！霍霍、刷！哼、哼、哼！喵嗚～」

「霍霍、刷！霍霍、刷！哼、哼、哼！喵嗚～」

阿天「咿兮兮兮」的笑了出來，說：「你們聽，奶奶在磨菜刀呢！她一定是想吃掉剛抓到的貓咪！」

轆轤首媽媽小聲的說：「哎呀，糟了……」

滑瓢爸爸和轆轤首媽媽快步走到奶奶的房門口。

滑瓢爸爸用力「咚咚咚」的敲門，大叫著：「奶奶，奶奶，快出來！你在做什麼？」

房門打開後，山姥奶奶從房內探出頭說：「我什麼也沒做。」

話一說完，山姥奶奶便迅速從房裡出來，「啪」的一聲用身後的手關上門，一臉無辜的看著大夥兒。

滑瓢爸爸說：「奶奶，請你老實回答我，你今天是不是抓了一隻貓回來？」

奶奶回答：「我沒抓。」

女兒小覺突然插嘴：「騙人！奶奶，你說謊，你明明就在想『要快點吃掉那隻貓』。」

小覺天生擁有看穿別人心思的能力，只要她想，她可以讀到任

山姥奶奶

何人真正的想法。

滑瓢深深嘆了一口氣，與此同時，奶奶房間裡又傳來了貓咪哀怨的叫聲。

滑瓢說：「奶奶，你應該還記得我說過，不能吃住在這裡的住戶吧？」

山姥奶奶一聽，立刻板起臉孔反駁：「貓咪又不是人，我吃貓總可以吧？吃一隻貓有什麼關係？」

滑瓢嚴正的強調：「貓也不行。奶奶，你抓的那隻貓，是西町一丁目A棟七〇二室安田太太飼養的寵物，你必須把貓交出來還給牠的主人。」

山姥奶奶嘟囔著抱怨：「你又沒說不能吃貓！」

為了以防萬一，滑瓢再次向山姥奶奶解釋得清楚一點。

「奶奶，你聽我說，只要是住在集合住宅區裡的都不能吃，包括人類、貓咪、小狗、小鳥、魚全都不能吃，因為他們是和我們一起生活的鄰居，知道了嗎？」

滑瓢順利救出安田太太養的咪子，把牠交給的場先生。

滑瓢說：「我真不知道該說什麼才能表達歉意。」

轆轤首媽媽低頭道歉：「真的很對不起。」

的場局長回答：「沒問題，別太在意。幸好咪子有驚無險，平安無事。」離開之前，又補了一句：「只不過……請務必轉告奶奶，不要再惡作劇了。」

滑瓢爸爸與轆轤首媽媽目送的場局長離開後，兩人互看一眼，無奈的嘆了一口氣。

妖怪九十九一家，就在互相磨合的狀況下，在化野原集合住宅區展開了與人類共生的生活。

三 深夜超市裡的可疑男子

九十九一家在集合住宅區的生活剛滿三個月。

在某個沒有月亮的漆黑夜晚，九十九一家打算在夜色下野餐。

這是打從七個妖怪同居以來，第一次全家一起出門。

為了這次的黑夜野餐計畫，轆轤首媽媽當晚就卯起來做了一百六十八顆飯糰。你問做飯糰的米是從哪裡來的？答案很簡單，地區共生課會以供品的名義，固定供應米、味噌和魚等食物給化野原集合住宅區的妖怪們。

話說回來，妖怪的食量不像人類那麼大，沒有一日三餐的規律需求，也不會嚷嚷著吃飯一定要配幾道菜，所以妖怪不需要常常吃飯，也不必吃那麼多。事實上，有些妖怪甚至只吃霧氣或雲霞就能維生。

以妖怪九十九一家來說，他們經常好幾天、好幾週都不吃飯，不過今天是特例，因為出門野餐當然要準備便當嘍！

媽媽將做好的一百六十八顆飯糰，全塞進三個小孩的背包裡，一家人開開心心的在黑夜中出門。

化野原集合住宅區有五座大公園，原本在城鎮北邊的樹林也刻意保留了下來。

九十九一家在一片漆黑的住宅區中行走，他們壓低聲音說話，信步來到化野原中央公園。

現在正值冬春交替之際，天氣變化不定，不過當天晚上十分溫暖，甜美的花香在伸手不見五指的黑夜中飄散，想必是種在這裡的瑞香花開花了。貫穿住宅區的柏油路上不見人影，道路像是安靜的河川流經各處。兩旁的街燈在暗夜裡投射出一輪輪光圈，但九十九一家都刻意避開光芒，在黑暗的地帶穿梭，因為他們一家都喜歡待在陰暗的地方。

中央公園的正中間有一座大池塘，那是河童一族居住的滿月池。九十九一家走到池塘邊，發現河童也趁著漆黑夜晚上岸享受新鮮空氣。

河童王──青光坊對九十九一家說：「哎呀，住慣之後發現這裡環境挺好的。池子不是很大卻舒適雅致，住起來很舒服。這裡有魚，水草也很茂盛，岸邊的柳樹遮住了炙熱的陽光，風吹起來好清涼啊！

「最重要的是，這座池塘透過地下水道，連結到住宅區北邊山裡

的水源，我們三不五時還能透過地下水道游到深山裡玩，真是太幸運啦！」

聽到青光坊的話，滑瓢感到十分欣慰。

滑瓢問：「可是這裡白天不是很熱鬧嗎？每天都有一堆人來公園玩。」

青光坊回答：「是啊，是很熱鬧。最讓我們困擾的是有些居民會往池子裡丟垃圾，像是點心的包裝袋、飲料空罐、寶特瓶之類的，他們都毫不在意的丟進池塘。

「遇到這種情況，我們就會偷偷躲進水裡，趁對方轉身往回走的空檔，將他丟進水裡的垃圾往他頭上砸。哈哈，你都不知道那些人有多吃驚！」

青光坊開心的笑著，一雙大眼骨碌碌的轉動，看起來十分得意。

九十九一家在中央公園與河童一族聊了一會兒，接著才往市郊的樹林走去。

送行狼的巢穴在樹林裡，九十九一家打算和他們打聲招呼，並在樹林裡吃便當。

「哎喲！阿一，不要跑那麼快。阿天也是，慢慢走！」轆轤首媽媽叫住失控狂奔的阿一和阿天。

烏天狗一家有著和烏類一樣的喙和翅膀，現在正在樹林的上空練習飛行。烏天狗爸爸與媽媽，一起教三隻小烏天狗如何飛翔。

九十九一家向在天空飛翔的烏天狗一家打招呼：「你們好。」

小烏天狗從空中搖搖晃晃的往下飛。

轆轤首媽媽對烏天狗媽媽說：

「今晚夜色真美，小蘿蔔頭們都長大了呢！」

「你好，好久不見了。新生活一切都好嗎？」烏天狗媽媽也降落到地面，向轆轤首媽媽問候。

「托你的福，大家都過得很好，我們現在已經習慣在公寓裡生活了。你們一家都還好嗎？我記得塔屋好像是位在高樓層公寓的屋頂對吧？」

「是啊，離天空很近呢！現在我們住的塔屋，比以前住的喜馬拉雅雪松樹梢還要高，感覺伸出手就能摸到在天上流動的雲。

「你們有空一定要來我們家玩喔！只要搭南町一丁目A棟對面右手邊的電梯，依序按下十樓和九樓的按鍵，總共按三次就能到達屋頂。十和九這兩個數字的日語發音，就是天狗的諧音，很好記吧？」

正當兩位媽媽閒話家常的時候，九十九一家的孩子們，也跟在天空飛翔的三隻小烏天狗玩起你追我跑的遊戲。

滑瓢爸爸向飄浮在空中的烏天狗爸爸搭話。

「對了，你有看到送行狼他們嗎？我沒看到他們，是不是出去巡邏啦？」

「不是，」烏天狗爸爸搖搖頭說：「他們去了遙遠西邊的那座山，明天晚上才會回來。聽說九年一次的『全國送行狼大會』在那裡舉行，所以他們全都去參加了。」

「『全國送行狼大會』？我沒聽說過這種活動，那是什麼？」滑瓢爸爸一臉狐疑的問。

烏天狗爸爸輕盈的降落地面，向滑瓢爸爸解釋。

「那是一場競技大會，居住在日本各地的送行狼會齊聚一堂、彼此競爭。其實送行狼一族自古就有傳統技藝競賽，族人們會定期聚在一起，透過傳統技藝競賽選出最優秀的冠軍。聽說化野原的送行狼，每次都是冠軍熱門人選。

「你聽說過『狼梯子』嗎？就是一隻狼踩在另一隻狼的背上，另一隻狼再踩上去，一隻一隻往上疊，最後搭出一座狼梯子。化野原的送行狼，就是這項技藝的大會紀錄保持人，他們很自豪呢！

「我想想啊……他們好像是搭出了十七階？還是二十七階？總之，全國送行狼大會是很重要的比賽。」

滑瓢感動的點了點頭說：「哇，原來是這樣，我都不知道有這件事呢！」

後來，九十九一家與烏天狗一家，一起分享了轆轤首媽媽做的一百六十八顆飯糰，大家都吃得津津有味。

樹林的地面鋪著一層落葉，大家坐在落葉上一邊聊天一邊玩文字接龍、猜謎等遊戲，共享愉快的深夜野餐。一群妖怪連燈也不點，就在漆黑的林子裡嬉鬧喧譁，還摸黑吃便當，這個時候如果有住戶經過這片樹林，一定會嚇一大跳。

在樹林吃完便當，九十九一家便向烏天狗一家道別，就此踏上歸途。

滑瓢爸爸提議：「我們繞遠路回家吧！既然送行狼不在，我們就代替他們四處巡邏，保護社區安全。」

於是一行人決定不走原本的路線回家，而是沿著城鎮的外環道路往西走，穿過城鎮中央再經過購物中心，最後回到東町三丁目。

雖然說再過不久就要迎接黎明了，但在人類的世界裡，這個時間點正是萬物在一天之中睡得最深沉的時刻，就連道路兩旁的草木、毫無人煙的公園也睡得香甜，沒有半點燈光透出窗外的公寓，也正沉靜入眠。

在這個平靜安穩的春夜裡，沒有任何怪事發生，也沒有任何不祥的預兆。

九十九一家安安靜靜悠閒的走在深夜的漆黑街頭，看到了位於主街道對面的購物中心。一整排店鋪圍繞著中間的小型噴泉廣場，店面正中央是一棟兩層樓高的大型超市，總是湧出清涼泉水的噴泉，現在也無聲的待在那裡。

九十九一家一走到噴泉廣場，一目小僧阿一就突然靜止不動的直盯著超市看。

「那裡有人！」

其他妖怪嚇得立刻停下腳步。阿一雖然只有一隻眼睛，但比其他人的雙眼看得更清楚。

轆轤首媽媽問：「你說哪裡？」

「就是那裡，超市的二樓。」阿一指著黑漆漆的超市窗戶。

「你說有人……是有人類在店裡嗎？可是現在是深夜，超市裡也沒有開燈啊！」

「我沒騙你，真的有人啦！有兩個人偷偷摸摸的在黑暗的超市二樓走來走去。」

「偷偷摸摸？」滑瓢爸爸重複阿一說的話，皺起了眉頭。

轆轤首媽媽說：「不然我們去看看吧？」

見越入道爺爺上前一步，自告奮勇的說：「好，我來看看。」

爺爺原本打算讓身體變大，直接窺探二樓的狀況，但是媽媽馬上阻止他。

「不行，爺爺，我來看吧！你等一下。」

轆轤首媽媽一說完就開始伸長脖子。她纖細的脖子往上拉長，看起來像蛇又像繩子一樣，不一會兒，她的頭就升到了二樓窗邊的高度。

媽媽靠近窗戶，在漆黑之中偷偷查看超市的狀態。

接著，轆轤首媽媽咻咻咻的縮短了脖子。一家人盯著轆轤首媽媽，親眼見證她的脖子與頭部恢復正常狀態。

山姥奶奶迫不及待的問：

「你看到了什麼？」

ADAS
HARA
SALE

轆轤首媽媽回答：

「我看到兩名可疑的男子。」

大家聞言倒抽一口氣。

阿天咿兮兮兮的笑著說：

「他們一定是小偷，超市遭小偷了！媽媽，我說得對不對？」

「應該是，我也認為是遭小偷了。他們在店裡偷偷摸摸的來回走動，將看到的商品塞進一個大袋子裡。除了小偷，還有誰會在大半夜做這種事？」

山姥奶奶興奮得大叫。

「那得立刻抓住他們才行！」

她發現自己剛剛叫得太大聲，立刻又壓低聲音說：

「要是超市裡的東西被偷，鎮上的人就麻煩了，不是嗎？」

「你說謊！」女兒小覺又跳出來打斷山姥奶奶的話，「奶奶，你明明就是想吃掉那兩個小偷。」

滑瓢爸爸嘆了口氣說：「奶奶，不能吃人！我上次不是跟你說過了嗎？」

山姥奶奶心有不甘的說：

「把小偷吃掉沒關係吧？不然我只吃一個就好？」

「一個也不行，就算是小狗、貓咪或金魚也不行。雖然小偷不是我們的鄰居，但是小偷也不能吃。」

這次換見越入道爺爺出來說話了。

「不如讓我變成巨人，把超市裡的小偷抓出來，然後直接把他們帶到派出所交給警察，你覺得怎麼樣？」

「你要是這麼做，警察不被你嚇死才怪！」滑瓢爸爸說完，接著又對所有妖怪說：「總之我們不能把事情鬧大，他們雖然是小偷，但我相信只要好好跟他們講道理，跟他們說『不能偷東西』，他們一定會認錯的。先讓我去吧！我去跟那兩個小偷談一談。」

話一說完，滑瓢爸爸就消失在所有人的眼前。

滑瓢爸爸應該是到超市二樓去了。滑瓢這種妖怪的能力，就是可以隨時隨地出現，又隨時隨地消失不見。

山姥奶奶忍不住抱怨：

「竟然自己一個人去，真是狡猾！」

見越入道爺爺說：

「派我去就能立刻抓住他們，何必費這麼多功夫？」

女兒小覺嘟囔著說：

「我真想親眼看看小偷……」

阿天蹦蹦跳跳的大叫：

「我也想看！我也想看小偷！」

轆轤首媽媽出聲安撫大家：

「總之，我們先等爸爸回來再說吧！」

阿一抬頭盯著超市二樓看，對大家說：

「我看到爸爸正在跟小偷說話了。」

四 妖怪抓小偷

兩名小偷正在超市二樓整理剛剛偷來的東西，打算隨時逃跑。其中一名臉上有鬍子的小偷，對身材肥胖的同夥說：「喂！趁著沒人發現，我們趕快溜吧。」

就在此時，黑暗中傳來了有人說話的聲音。

「兩位好。」

兩名小偷嚇得一動也不敢亂動，轉頭看向聲音的來源。胖小偷小心翼翼的拿著手電筒，照向說話的人。

手電筒的亮光照出滑瓢獨自站在二樓樓梯口的身影，他沉穩的站在那裡，盯著兩名小偷看。

小偷只看到眼前站著一位彬彬有禮的紳士，壓根不知道對方是名為「滑瓢」的妖怪。

「快溜！」

鬍子小偷一喊，他的同夥立刻打開正對噴泉廣場的二樓窗戶，將裝著贓物的袋子往下丟。令人驚訝的是，他們丟出袋子之後，居然也跟著往下跳。

「唉，真會折騰人……」

滑瓢嘆了一口氣，隨即消失在黑暗中。

就這樣，從超市二樓跳到廣場的兩名小偷，眼前再次出現了滑瓢的身影。

這下子換小偷目瞪口呆了。他們心想：「這傢伙剛才明明在超市的二樓，怎麼會突然出現在自己眼前？完全搞不清楚這是怎麼一回事。」小偷嚇到忘記逃跑，九十九一家便趁機將兩人團團圍住。

滑瓢出面代表大家說話。

「請容我問一句，你們是小偷嗎？」

見越入道爺爺立刻接著說：「那還用問嗎？」

「你們是小偷吧？」山姥奶奶也用興奮的語氣詢問。

鬍子小偷在廣場路燈的照明下，慢慢環顧圍繞在他們身邊，行為舉止十分怪異的一家人。心想：「這一家人為什麼會在大半夜到超市閒晃？」不過他並沒有把這個疑惑說出口。

鬍子小偷對滑瓢搖了搖頭，否認自己和同夥是小偷。他的腦筋一直在轉，希望能想出辦法逃離現場。

「當然不是……我們怎麼可能是小偷？你們在開玩笑吧？你說對不對？」鬍子小偷看了一眼胖小偷，對方趕緊慌張的點頭附和。

「就是說嘛，我們怎麼可能是小偷！」

山姥奶奶狐疑的問：「如果你們不是小偷，那你們是誰？」

「我們是……那個……就是說……我們是那個，對吧？」胖小偷向鬍子小偷求救。

「對，我們就是……那個……水電工，我們是水電工！」

鬍子小偷終於想到藉口，開心的叫了出來。

女兒小覺立刻揭穿謊言。

「你說謊！你們才不是水電工。你剛剛一直在想藉口，好不容易才想到可以說自己是水電工。」

兩名小偷怯懦的看著揭穿謊言的小女孩。

「不可以說謊喔！」滑瓢說。

「我們沒有說謊！」鬍子小偷拚命大喊，「是超市老闆委託我們來做夜間維修，檢查電線有沒有問題。這類維修檢查都是在晚上沒人的時間作業。」

「既然如此，那你剛剛為什麼要同夥『快溜』，還從窗戶跳下來？」滑瓢繼續質問。

鬍子小偷和胖小偷的眼睛骨碌碌的轉動，他們在黑夜籠罩下，拚命思考該怎麼回答。

突然間，胖小偷想到了一個點子，於是放聲大喊：

「小偷！對，我們以為有小偷來偷東西！不管是誰，大半夜的在超市遇到陌生人，一定都會認為對方是小偷吧？剛剛我們以為你是小偷，才會一時慌張從窗戶跳下來逃跑。」

女兒小覺再次冷靜的反駁：

「你現在心裡想著『我真是天才！竟然想得到這麼好的藉口』，對吧？」

胖小偷被小覺反駁得說不出半句話，嘴巴張得大大的，直盯著小覺看。

「不可以說謊喔……」滑瓢又重複了一次剛才說的話，接著態度堅定的對小偷說：「如果你們是小偷，現在就立刻住手，把剛剛偷來的東西全部還回去。只要你們把東西還回去，我們就放過你們。」

「要放過他們嗎？」山姥奶奶失望的說。

「我不是說了我們不是小偷嗎？」鬍子小偷惱羞成怒的大叫，「你們根本沒有證據，就不要再找碴了！再說你們到底是誰？這麼晚了還全家一起在街上閒晃，你們真的很可疑耶！」

當然很可疑了，因為他們是妖怪啊！

就在此時，目光如炬的阿一開口說話了。

「叔叔，你們肯定是小偷。你們的袋子裡裝滿手錶、項鍊、皮鞋、錢包以及筆記型電腦，這些都是全新的商品，連價格標籤都還沒撕掉呢！如果你們是水電工，為什麼會在袋子裡放這些東西呢？」

阿一說的袋子，就是小偷剛才從二樓窗戶丟到一樓齒葉冬青樹

叢裡的東西。袋子裡全都是贓物，阿一的一隻眼睛，早就將裡頭的東西看得一清二楚。

「喔……」這次換小覺說話了，「你現在在想『糟了，要趕快逃跑』對吧？」

小覺話還沒有說完，兩名小偷立刻拔腿狂奔，想要逃離九十九一家的圍堵。當然，他們沒有忘記要帶走大袋子。鬍子小偷一把撈起掉在旁邊樹叢上的袋子，拚命往外跑。

小偷開來的白色汽車，就停在購物中心廣場前的道路上。

鬍子小偷大喊：「阿胖，快跑！」

胖小偷也跟著喊：「鬍子，包在我身上！」

他們同時打開左右兩邊的車門，鑽進車子裡。胖小偷握住方向盤，迅速發動引擎。

白色汽車發出「轟隆隆」的引擎聲全速前進，直到這時，兩名小偷才鬆了一口氣。

能擺脫那個奇怪家庭順利脫逃，這件事讓他們欣喜若狂。

他們開車逃了一會兒，鬍子小偷不經意的看向後照鏡，結果差點嚇到停止呼吸。

「這是怎麼回事？阿胖，你快看！」鬍子小偷聲嘶力竭的大喊。

「鬍子，你幹麼啊？發生了什麼事？」胖小偷說完，便抬眼看了一下後照鏡。鏡子上映照出的畫面讓他嚇了一跳，於是他不經思索的用力踩下煞車。

「吱——」一陣尖銳的煞車聲響起，白色汽車停了下來。

鬍子小偷和胖小偷在停止的車裡緊張對望，接著慢慢轉身看向後方的擋風玻璃。

他們剛剛看到有人在漆黑的道路上奔跑，那奔跑的速度之快，簡直令人無法想像，根本不可能是人類辦得到的事！

當設立在馬路兩旁的路燈，照到奔跑的人影時，鬍子小偷和胖小偷終於能看清楚對方的真面目。

那跑得飛快的身影，原來是背著見越入道爺爺急速奔馳的天邪鬼阿天。阿天不只是大力士，跑步速度還能媲美超級跑車。

剛才小偷開車逃跑的時候，阿天立刻急起直追，結果爺爺見狀大喊一聲：「帶我一起去！」便跳上了阿天的背。阿天就這樣背著爺爺，一路瘋狂追逐小偷。

鬍子小偷和胖小偷看到阿天在車後追逐時，究竟有多驚恐呢？不妨想像一下這個場景：在一片漆黑、杳無人煙的道路上，一名看似小學三年級的男孩，身上背著一個光頭老爺爺，以媲美汽車的速度奔跑。而且請不要忘記，這個小男孩和老爺爺正在追逐自己！任誰遇到這種狀況，一定都會嚇到不知所措吧！

「快、快逃！」

鬍子小偷好不容易才擠出這幾個字，催促胖小偷趕快開車。然而胖小偷過於震驚，完全無法反應，只能眼睜睜透過後方的擋風玻璃，看著阿天逐漸逼近。

「快逃！快點，我叫你發動車子！喂，動作快，阿胖！再不開車，對方就要追上來了！」

鬍子小偷再次大喊，並且伸手抓住胖小偷的身體用力搖晃，這才讓對方回過神來，慌張的發動汽車。

胖小偷使出吃奶的力氣踩下油門，汽車便「咻」的一聲往前飛奔。阿天原本已經快要追上汽車，這下子又被拉開了距離。

見越入道爺爺眼看小偷就要跑掉了，雙腳不甘心的在阿天背上踢來踢去。

「喂！阿天，你快看，他們要逃走了！」

阿天咿兮兮兮的笑著說：

「小事一樁，看我的！爺爺，我要加速嘍，你抓緊了！」

話一說完，阿天立刻加速奔馳。對阿天來說，之前的追車不過是暖身而已。

阿天使出巧勁踏在柏油路上，他的雙腿已經快到沒人看得清楚。時速八十公里、一百公里、一百五十公里……噠噠噠、噠噠噠，阿天的速度持續加快。疾速形成了強烈風壓，待在阿天背上的見越入道爺爺幾乎快被強風吹落，只能拚命抓住阿天。

「太棒了！還差一點！」見越入道爺爺開心的大聲叫好。現在，小偷的車已經近在眼前了。

這下子，小偷又嚇得驚慌失措了。

「喂，阿胖，那傢伙追上來了！他又追上來了！」鬍子小偷慌張的大叫。

「什麼？這、這不合理啊……為什麼那傢伙追得上？我已經開到時速兩百公里了耶！」胖小偷汗流浹背的開著車問。

「我怎麼知道啊？別管這麼多了，快點逃走最要緊！快逃，再開快一點！別管了，全力加速啊！」鬍子小偷失控大喊。

胖小偷用力踩下油門，白色汽車在集合住宅區內加速逃竄。他們先是穿過主街道，又在公寓間的小路右轉、左轉，然後繞著公園轉圈，穿過狹小巷弄……不過，無論他們怎麼逃，阿天依舊緊緊跟著白色汽車。

「糟了，沒路了！」

最後汽車轉進一條死胡同，胖小偷只好拚命踩煞車，右切方向盤，終於在撞牆之前順利調轉車頭。

小偷駕駛的白色汽車轉了一百八十度後停住。見越入道爺爺從阿天的背上跳下來，和阿天並肩站立，以勝利者之姿堵住了小偷的去路。

「咿兮兮兮。」阿天開心的笑著。

「終於逮到你們了，可惡的小偷，還不趕快把你們偷的贓物還回來！」爺爺對著小偷大罵。

「鬍子，這下該怎麼辦？他要我們把東西還回去。」

胖小偷用顫抖的聲音問。

「不、不用理他，把他們趕走就好，開車撞他們！」

鬍子小偷也用顫抖的聲音回答。

「呃，可是這樣做未免……」正當胖小偷猶豫不決的時候，驚人的事情發生了。

原本站在路中間、身材矮小的老爺爺，身體竟然開始變大了！

「什麼？啊！哇！」鬍子小偷放聲大叫。

「啊呀呀！嗚！喔嗚！」胖小偷也跟著失控慘叫。

情況瞬息萬變，這件事真的就發生在一瞬間。原本身材矮小的老爺爺突然變成巨人，一眨眼就變得比房子還大，比公寓還高，變成必須抬頭仰望的超大入道！

「哇啊啊啊！」

「救、救、救命啊！」

見越入道將整臺車拿了起來，鬍子小偷和胖小偷還在車子裡瑟瑟發抖。接著，見越入道用另一隻手撈起開心大笑的阿天，只走了七步，就將所有人帶回購物中心前的廣場。

見越入道將汽車放回原本的地方，接著又咻咻咻的恢復了正常尺寸。

滑瓢對所有回到廣場的人說：

「歡迎回來。」

兩個小偷還坐在車子裡，他們雙手緊握，身體不停顫抖。

滑瓢再次對兩人說：

「怎麼樣？你們願意歸還偷來的贓物嗎？只要你們歸還贓物，並且發誓再也不偷東西，我就放你們一馬。不過，如果你們又在別的地方偷東西，到時候……」

鬍子小偷和胖小偷，盯著將汽車團團圍住的妖怪九十九一家。

在黎明來臨前的黑暗中，妖怪們的眼睛閃爍著詭異的光芒。

這時，山姥奶奶用天真的語氣說：

「到時候我可以吃掉他們吧？要是這兩個人又在別的地方偷東西，我就把他們吃掉吧！」

鬍子小偷和胖小偷聽到山姥奶奶這麼說，頓時背脊一陣發涼，立刻同意歸還所有物品，並且發誓再也不偷東西了。

他們發的誓是真心的，因為這一次，小覺什麼話也沒說。

小偷事件發生後的隔天晚上，九十九公館的門鈴響了起來。

會來按門鈴的訪客只有一個，那就是集合住宅區管理局的的場局長。

不過，這一天除了的場局長，還有另外一個人也來了。轆轤首媽媽打開大門，發現市公所地區共生課的野中先生就站在的場局長的身邊。

「哎喲……」轆轤首媽媽才剛開口就閉上了嘴。

她知道的場局長每次來家裡都是發生了什麼問題，不過這次連野中先生也來了，就代表今天要處理的問題相當棘手……這讓她的內心很不安。

「喔，沒事，請不用擔心。」

野中先生似乎看穿了轆轤首媽媽的想法，趕緊開口安撫，臉上還帶著笑容。

「好久不見了，各位都好嗎？」

「都好，托你的福……」

轆轤首媽媽還是有些不安，不過其他家人發現有客人造訪，紛紛聚集到媽媽身邊。

「各位，好久不見了，」看到其他妖怪家人也出來了，野中先生開心的與大家打招呼，「今天我是來謝謝各位的。」

「謝謝我們？為什麼？」

滑瓢歪著頭疑惑的問，於是站在野中先生旁邊的的場局長，開始說明事情的緣由。

「實不相瞞，昨天晚上化野購物中心的超市遭小偷了。這陣子附近住宅區的超市也遭了小偷，我們一直有提高警覺、小心防範，不過那些小偷都是專業盜賊，他們看準了保全的漏洞，總是能盜取想要的商品。我們很確定那些小偷昨晚也潛入了住宅區的超市，但唯有昨晚，他們在超市偷完東西後，又特地將商品還回店裡。」

的場局長的話還沒有說完，天邪鬼阿天就忍不住大喊：

「是我抓到他們的！那兩個小偷一開車逃跑，我就立刻去追，才把他們抓回來了！」

見越入道爺爺也搶著開口。

「小偷才不是你抓到的，你只是追上他們而已。老實說，把小偷連人帶車一起抓回來的是我。」

「是我發現小偷的，我看到有小偷潛入超市二樓。」

平時沉默寡言的一目小僧阿一難得插嘴。

女兒小覺也開口說：

「那兩個傢伙說自己不是小偷而是水電工，我一聽就知道他們在說謊。」

的場局長和野中先生看著九十九一家你一言、我一語，只能連連點頭稱是。

「跟我想的一樣，這件事果然是你們的功勞，」野中先生說：「我猜一定是你們做了什麼，才讓小偷歸還他們偷的東西。」

轆轤首媽媽一臉擔憂的問：

「請問……我們是不是做錯事了？造成你們的困擾了嗎？」

「不不不，完全沒問題。」的場局長這麼回答後，野中先生也笑著點頭同意。

的場局長接著說：

「怎麼可能會造成困擾？你們可是立了大功呢！多虧有你們守望相助，才能保護我們的城鎮不受小偷侵擾。你們太棒了！真的太棒了！我由衷的謝謝你們。」

野中先生和的場局長一起慎重的向九十九一家鞠躬致謝。家人們對此驚喜不已，不由得面面相覷。

過去從來沒有人類向他們道謝，這讓他們受寵若驚。

「我在想該送什麼禮物給你們表達感謝……」

野中先生才一開口，滑瓢就立刻搖頭婉拒。

「不用多禮，哪需要送什麼謝禮，我們只是做了自己該做的事情而已。」

野中先生看著滑瓢的臉，再看了看聽到滑瓢的話之後，明顯感到失望的其他妖怪家人，忍不住笑著繼續說：

「雖說是謝禮，但不是要給你們東西。」

山姥奶奶聽到野中先生這麼說，似乎很遺憾的嘆了一口氣。

「我們是想為你們舉辦一場派對。」

「派對」這個關鍵詞，可說是讓人怦然心動的魔法詞彙。

「派對？」

「派對！」

「有派對！」

「剛剛是說要舉辦派對嗎？」

齊聚在玄關的九十九一家，掀起了一陣小騷動，所有妖怪的臉上立刻綻放光芒。

「沒錯，我們要舉辦派對，」野中先生點頭表示，「再過一個星期，就是各位搬進集合住宅區的第一百個晚上。我們想舉辦喬遷百日慶祝派對，當然也會邀請送行狼一族、河童一族與烏天狗一家。除了歡慶各位在這一百天正式成為化野原集合住宅區的居民，也要謝謝你們擊退小偷守護社區，請各位務必接受我們的邀請，出席派對。不曉得各位意下如何，是否願意賞光呢？」

他們當然要去參加啊！過去從來沒有人邀請九十九一家的妖怪參加派對，他們也從未出席過派對，所以大家一聽到「請各位務必接受我們的邀請，出席派對」，便下定決心一定要去參加。

妖怪一家一掃之前失望的神情，無論是見越入道爺爺、山姥奶奶、轆轤首媽媽，還是三個小孩，就連向來穩重的滑瓢爸爸，眼中也充滿了期待。

滑瓢爸爸代表大家回答：

「我們不勝欣喜，接受你們的邀請。」

「那真是太好了。」

野中先生點了點頭，的場局長也說了聲：「太好了。」

於是，在一週後新月高掛的夜晚，化野原集合住宅區悄悄的為妖怪們舉辦了一場慶祝派對。

五 喬遷派對之夜

距離野中先生和的場局長來訪已經過了一週的時間，今晚新月高掛，也是化野原集合住宅區舉行妖怪喬遷百日慶祝派對的日子。

市公所的野中先生與集合住宅區管理局的的場局長商量之後，決定在化野原北公園的草坪廣場舉辦派對。北公園是集合住宅區裡面積最大的綠地，公園角落與送行狼居住的樹林連在一起，樹林又與城鎮北邊的深山緊密相連。集合住宅區利用人行道和車道區隔建築物和綠地，廣闊的綠地中有好幾處廣場，四周都有樹林環繞。其中位置最偏遠的草坪廣場人煙稀少，野中先生認為這是最適合悄悄舉辦深夜派對的地點。

宛如柴郡貓（注⑤）眼睛的新月，早在深夜來臨前西下。暗夜籠罩的丑時三刻（注⑥）一到，住在化野原集合住宅區的妖怪們，便陸陸續續抵達派對會場。

送行狼一族從樹林深處出現。烏天狗一家在暗夜中從南町一丁目飛過來，他們家的三隻小天狗，在過去的兩、三天內學會了飛行技巧。居住在中央公園的河童一族，沿著流經公園附近的河川來到北公園。那條河的上游會穿過北公園，再蜿蜒流進樹林。

當九十九一家雀躍的走過城鎮抵達北公園時，草坪廣場已經開始飄散出美味食物的香氣。

市公所的野中先生為了這一天，將夏日祭典使用的道具統統塞進大型休旅車內，然後運到了草坪廣場。

爐子上的大鍋咕嚕咕嚕的煮著關東煮；烤肉架上的肉與蔬菜，在燒紅的炭火燻烤下飄出陣陣焦香。的場局長雙手拿著鍋鏟，在滋滋作響的鐵板上俐落翻炒著麵條。

酒桶裡裝著許多美酒，不僅如此，現場還有爆米花、冰淇淋、各種果汁和巧克力等點心飲料應有盡有，飯糰、三明治、熱狗、可麗餅等美味主食也一應俱全。令人驚訝的是，野中先生竟然在烤塞滿紅豆餡的鯛魚燒！

再次說明，妖怪其實不吃東西也可以過活，有些妖怪在過去的好幾年、好幾十年，甚至好幾百年前，都靠著吃霧氣或雲霞維生。不過「不吃東西也可以」不代表「不能吃」，只要想吃，妖怪還是可以大口吃肉、大碗喝酒。尤其在舉辦派對的歡慶夜晚，怎麼可能不吃美食呢？沒有美食的派對，絕對是世界上最無聊的派對。

「看來大家都到齊了，那派對就開始吧！」

野中先生說完，的場局長也大表贊同的回答：「沒問題。」

見越入道爺爺舉起裝滿酒的酒杯，高聲大喊：

「派對開始，乾杯！」

「乾杯！」

「乾杯！」

「派對萬歲！」

在場所有人都開心舉杯，宣告派對正式開始。

專為妖怪舉辦的派對，沒有冗長的致詞或生硬的演講，說開始就開始。或許野中先生原本打算說些什麼，但是見越入道爺爺突然舉杯致意的動作，讓野中先生沒有機會開口。

眾人舉杯之後便開始自由活動，吃東西的吃東西，喝酒的喝酒，有人在一旁唱歌、聊天、跳舞，也有人沒來由的互拍肩膀、相視而笑，或是互相搔癢，在草坪上蹦蹦跳跳，享受春夜的歡樂派對。

「這種魚真好吃！這麼好吃的魚，我還是第一次吃到！」

山姥奶奶十分滿意野中先生烤的鯛魚燒，她吃了一隻又一隻從魚頭到魚尾塞滿紅豆餡、熱騰騰的金黃色鯛魚燒。為了滿足山姥奶奶，野中先生忙著將麵糊倒入鯛魚燒模型，再擠入紅豆餡，他「啪嗒、啪嗒」的開闔著鐵板，雙手始終沒停過，就這樣烤出一隻又一

隻的鯛魚燒。

這天晚上，光是山姥奶奶一個妖怪，就吃了一百二十一隻鯛魚燒。

烏天狗爸爸與見越入道爺爺開懷對飲，開心的聊著過去的回憶，還誇耀自己當年的英雄事蹟。兩個妖怪喝著喝著，不知不覺就倒在草坪上睡著了，而且還發出「呼嚕呼嚕」的打呼聲呢！由於天氣逐漸變暖，北公園裡到處都能看到綻放的櫻花，很適合趁著酒意睡在櫻花樹下。

轆轤首媽媽捲起袖子，幫忙的場局長準備餐點。這是她第一次做炒麵，動作卻非常熟練。

的場局長忍不住稱讚：「你很會做菜呢！」

轆轤首媽媽也客氣的說：「沒有啦，你客氣了。」

說話的時候，他們的手也沒閒著，轆轤首媽媽迅速翻動鐵板上的炒麵，然後在滋滋作響的鐵板上淋炒麵醬。

九十九家的三個小孩與河童一族，一起在流經公園的河裡玩水、吃美食、喝飲料，偶爾也會喝點酒。

咦？小孩可以喝酒嗎？九十九家的孩子們雖然外表看似小孩，實際上都是活了好幾百歲的妖怪！他們早在很久很久以前就舉辦過滿二十歲的成年禮，所以喝酒完全沒問題。

送行狼一族圍著滑瓢爸爸，要他說說那天晚上野餐過後發生的事情，包括他們一家是怎麼發現小偷潛入超市偷東西？如何追捕逃掉的小偷？又是如何讓小偷歸還他們偷走的東西？送行狼一族其實很懊惱，因為事發當時他們不在家，才會讓九十九一家立下大功。

他們不停的想，要是當天晚上他們像往常一樣在住宅區巡邏，那麼抓到小偷的英雄就是自己了。因此當滑瓢爸爸描述事發經過時，送行狼群不時會發出懊惱的低吼或嘆息。

「奇怪，我家小孩跑去哪裡啦？」

烏天狗媽媽慌張的四處張望，但是到處都沒有小天狗的身影。

「真是讓人操心的孩子，明明跟他們說過不能擅自跑遠。虧我之前那麼千交代萬叮嚀，結果一不注意就不見蹤影……」

烏天狗媽媽叨唸著，張開翅膀輕盈的飛上天空。

「我去樹林那邊看看。」

烏天狗媽媽留下這句話，就朝北公園深處的樹林飛去，不過小天狗們並沒有在那裡。

轆轤首媽媽伸長脖子四處查看，擔心的說：「他們到底跑到哪裡去了？」接著又對的場局長說：「他們應該還沒辦法飛太遠才對。」

就在此時，一目小僧阿一跑過來再要一盤炒麵。

轆轤首媽媽將炒麵盛入阿一的盤子，順便問他：「你知道小天狗在哪裡嗎？我沒看到他們的身影。」

阿一立刻轉動自己的一隻眼睛查看四方，接著伸出右手食指，指向與樹林相反的方向。

「他們在那裡。」阿一說。

「什麼？在哪裡？」

轆轤首媽媽看了的場局長一眼，立刻又看向阿一手指的方向。那裡是公園的入口，對面是人行道與車道，再過去可以看到遠處的高樓層公寓群。

「就是那裡啊，北町G棟八樓從右邊數來的第二個露臺，你應該看得到吧？那棟公寓的八樓只有一間房子亮著燈，他們在那間房子的露臺。」阿一回答。

事實上，轆轤首媽媽和的場局長都看不到小天狗的身影，不過他們看得見遠方人行道的對面，有一棟高樓層公寓的八樓屋裡亮著燈。根據阿一的說法，那些小天狗就在那間房子的露臺上。

「哎呀，這下糟了……」轆轤首媽媽小聲的說。

原本氣氛和樂的派對會場開始出現騷動，麻煩的是，小天狗的爸爸和見越入道爺爺一起打呼睡著了，不管旁人怎麼搖、怎麼吼，他們都叫不醒。

「我去叫烏天狗媽媽回來。」的場局長說完，就朝著樹林的方向走去。

「不如我們先到那附近看看情況吧？」野中先生提議。

於是，除了熟睡的烏天狗爸爸和見越入道爺爺，所有參加派對的妖怪都成群結隊的往人行道前進。送行狼與河童一族，也緊跟著九十九一家和野中先生的腳步。

來到人行道的盡頭，眼前就是北町G棟的高樓層公寓。面對人行道的這一側，從八樓最右邊數來的第二個露臺透出了燈光。

「小天狗就在那裡對吧？三隻都在嗎？」

滑瓢爸爸抬頭看著露臺的燈光詢問阿一。

阿一轉了轉自己的獨眼，直盯著G棟看。

「沒錯，三隻都在那裡。他們把下巴靠在露臺窗戶上，拚命的往

房間裡看。房裡的電視是開著的，有一位大叔坐在沙發上看電視，小天狗們也在看電視。電視裡播放的是……我看看，是恐龍電影……」

最喜歡透過大螢幕電視收看衛星電影臺的山姥奶奶答腔。

「那一定是《侏羅紀公園》，不然就是第二集《失落的世界》。」

「這下難辦了。」野中先生說。

「為什麼？」山姥奶奶不解的問：「嗯……你的顧慮也對，這類電影對小孩來說確實過於刺激。」

滑瓢爸爸嘆了口氣說：

「奶奶，野中先生不是在講電影的內容。他的意思是，如果屋裡的人剛好往露臺方向看，發現窗外有三隻長著翅膀的小天狗，那事情就一發不可收拾了。」

天邪鬼阿天咿兮兮兮的開心笑著說：

「到時候就會變得一團亂！那位大叔一定會大叫『哇！有怪獸！』接著打電話報警，然後就會有一堆警車過來！」

「是嗎？」山姥奶奶覺得事情不會這麼嚴重，「有必要這麼大驚小怪嗎？電視裡的恐龍與窗外的小天狗不是都一樣嗎？」

眼看大家的討論內容越來越偏，野中先生趕緊拉回話題。

「總之，在屋裡的人發現他們之前，我們要想辦法讓小天狗離開露臺……」

「我去叫他們回來。」

轆轤首媽媽說完，便伸長了脖子。

轆轤首媽媽的脖子往公寓八樓的方向拉長，過程中完全沒有發出任何聲音，脖子也越拉越細。

不只是野中先生，就連九十九一家的其他家人，也從沒看過媽媽的脖子可以伸得這麼長。多虧轆轤首媽媽伸縮自如的脖子，她的脖子現在看起來就像是一條往夜空延伸的白線。

掛在細線前端的頭顱，終於抵達了八樓露臺。一會兒過後，媽媽的脖子才開始縮短。

野中先生輕聲叫著：「啊，有東西從露臺飛出來了！」

「是小天狗。」阿一接著說。

「可是怎麼只有兩隻？」小覺歪著頭疑惑的問。

就在此時，轆轤首媽媽的頭顱恢復了原狀，精準的接回原本的位置，那兩隻小天狗也跟著降落地面。

轆轤首媽媽說：「有一隻小天狗不肯飛。他說自己飛到那裡已經累了，不想再飛。真是傷腦筋……」

「我有一個點子，」滑瓢爸爸一說完，就回頭看向在公園入口處觀望的河童與送行狼一族，「如果可以搭出狼梯子就好辦了。」

「狼梯子？」野中先生問。

滑瓢爸爸點頭說：

「沒錯，聽說化野原的送行狼技藝出眾，每年都能在狼梯子大賽中打入決賽。」

「我們可不只是打入決賽而已！」身材最高大的送行狼低聲號叫，往前踏出一步說：「今年的全國大賽還是由我們拿下勝利呢。我們搭出了三十階狼梯子，這項紀錄不可能有挑戰者可以打破。我們在狼梯子大賽的歷史中，留下了偉大的印記！」

滑瓢爸爸瞥了一眼聽得一頭霧水的野中先生，接著向送行狼一族說：

「現在就讓我們欣賞你們偉大的技藝吧！請務必在今晚讓我們大開眼界。各位，請你們搭出一座通往八樓露臺的狼梯子。」

送行狼老大喊了一聲「哦薩」，表示同意滑瓢爸爸的請求。

送行狼老大對其他夥伴說：

「來吧，來搭出一座狼梯子，靠我們卓越的技藝，搭出通往公寓八樓的大梯子吧！」

話還沒說完，其中一隻送行狼就「哦薩」一聲，立刻跑到北町G棟的下方，身體緊貼著公寓外牆。

接著，另一隻送行狼也「哦薩」一聲，穩穩跳到第一隻送行狼的背上。

「哦薩！」

「哦薩！」

「哦薩！」

「哦薩！」

隨著吶喊聲響起，送行狼一階又一階的往上搭出梯子。這就是化野原送行狼最自豪的狼梯子傳統技藝。第一隻送行狼站穩之後，第二隻送行狼就跳到第一隻的背上，接著第三隻送行狼又跳到第二隻背上，第四隻再跳到第三隻背上……就這樣，依序往上堆疊的狼梯子越疊越高。

「哦薩！」

「哦薩！」

「哦薩！」

「哦薩！」

他們動作敏捷、默契絕佳，送行狼跳上越來越高的梯子，一隻一隻往上疊。如今梯子已經架到五樓露臺，接著來到六樓，繼續延伸到七樓……

野中先生喃喃自語：

「哇，真是壯觀！現在到底疊了幾隻送行狼呢？」

一隻又一隻……最後，當送行狼老大準備跳上梯子頂端時，滑瓢爸爸向老大低語：

「拜託你了，請讓那隻小天狗順利下樓。而且千萬要小心，不要引起八樓住戶的注意。」

「哦薩，包在我身上！」送行狼老大露出笑容、揚起尾巴，

「咻」的一聲躍上狼梯子頂端。

所有人屏氣凝神的看向架在北町G棟外牆的狼梯子。最下方的送行狼四腳穩穩著地，支撐著上方的夥伴；第二隻送行狼也咬牙支撐，第三隻、第四隻、第五隻、第六隻……每隻送行狼都團結一心，搭出一座巨大的梯子。

「哇，真是太驚人了！」

「好壯觀啊！」

「我們見證了一件不得了的大事！」

河童們看得十分感動，忍不住說起悄悄話。

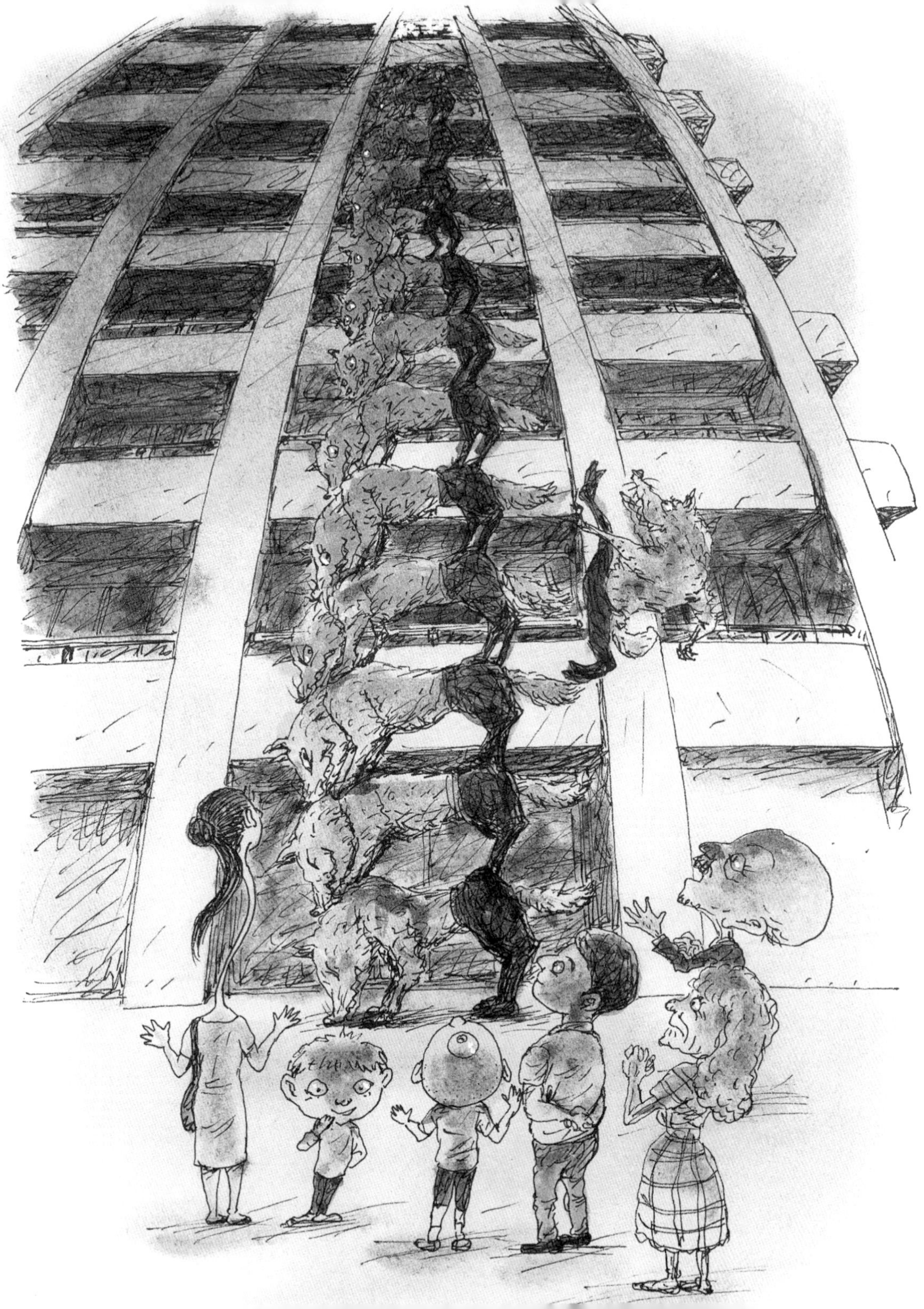

就在此時，大夥兒看見一個物體從梯子頂端往下走。

是送行狼老大！而且他的身上還背著小天狗。背著小天狗的送行狼老大，像一陣黑色的風「咻」一聲順著梯子跑下來，接著他大叫一聲「哦薩」，就這樣順利降落到地面。

眼看所有妖怪就要鼓掌叫好，野中先生趕緊拚命揮動手腳制止他們，以免喧鬧聲驚動其他住戶。

當第三隻小天狗從送行狼老大的背上跳下來時，另外兩隻小天狗立刻跑過去迎接他。

這個時候，大家又看到一隻送行狼從梯子的頂端跑下來，接著

「哦薩」一聲跳至地面。

「哦薩！」

「哦薩！」

「哦薩！」

「哦薩！」

「哦薩！」

「哦薩！」

與搭梯子的時候相反，現在一隻隻送行狼從梯子上方往下跑，只見梯子越來越矮，不一會兒，聳立在夜空中的三十階狼梯子逐漸解體，恢復成送行狼群原本的狀態。

「太厲害了，甘拜下風。」滑瓢爸爸壓低聲音，讚賞送行狼一族的精采表現。

「真是太精采了！你們默契絕佳的團隊合作，讓我大開眼界！」

野中先生也興奮到眼睛發亮，對送行狼一族發出讚美之詞。

此時，突然有個陌生的聲音說：

「哇，真的好精采啊！但……這是怎麼一回事？」

所有妖怪都嚇了一大跳，紛紛看向聲音的來源。只見一名陌生男子，站在圍觀妖怪的最後面，瞪大雙眼看著這一切。

他是一名戴著眼鏡、身材纖瘦的年輕男子。所有妖怪的注意力都放在搶救小天狗大作戰中，完全沒有察覺這名男子混了進來。他是住在東町四丁目H棟二〇一室的森本先生，是一名大學生，剛剛才結束一份深夜打工準備回家。

野中先生與妖怪們全都僵在原地不動，不知道該如何反應。

森本先生看著他們，又問了一次：

「陣仗好大啊，你們在準備什麼活動嗎？」

「呃，是啊……」野中先生支支吾吾的與滑瓢爸爸互看一眼，接著重振精神走向年輕男子，說：「你說得沒錯，不過這不算是活動，我們是在拍電影外景。」

「好酷喔！」森本先生開心的喃喃自語，再一次環顧四周，「原來是在拍電影啊……請問是什麼電影呢？」

「呃，是……」

野中先生又開始詞窮的時候，山姥奶奶跳出來回答：

「電影名稱是《化野原妖怪世界》。」

年輕男子皺著眉頭疑惑的說：

「《化野原妖怪世界》？這是什麼電影？名字也太長了吧！」

「喔……這只是暫時的名稱，之後還會修正。」

野中先生絞盡腦汁的打圓場。

「那些人是臨時演員嗎？」森本先生指著河童一族問。

「是啊……他們都是臨時演員。」野中先生雖然很慌張，但還是點頭回應。

「咦？所有人都化特效妝嗎？好講究喔，像真的一樣！」

就在此時，一個龐然大物從樹林飛了過來。

「孩子！你們還好嗎？」

烏天狗媽媽收到的場局長的通知，立刻跑到北町……不對，是飛到北町。

聚集在Ｇ棟公寓前的妖怪和野中先生再次僵在原地，而森本先生又一次興奮的大喊：

「好酷喔！不過她怎麼會飛？是吊鋼絲嗎？」

「呃……是啊……」野中先生言詞閃爍，伸手擦拭額頭上的汗水，「那個是……呃，特效。」

「特效？」森本先生的臉上首次露出狐疑的神情，「你說是特效？但影像是投射在哪裡呢？這裡又沒有螢幕……」

野中先生這才驚覺不妙，拚命找藉口圓謊。

「那個……其實這是最尖端的新技術，是一種可以直接將影像投射在空間中的立體特效……不過這是本公司的商業機密，無論如何，請你不要告訴別人。」

野中先生的話成功說服了森本先生，他佩服的小聲說了句：「好酷喔！」

想到自己不僅巧遇電影拍攝現場，還知道了最新的商業機密，森本先生頓時興奮不已，連說了好幾次「好酷喔」，就這樣一路走回東町四丁目H棟的家。

警報終於解除，滑瓢鬆了一口氣對野中先生說：

「呼！沒想到這麼晚了還有人類在外面徘徊，剛剛差點就被識破

了，真是驚險啊！」

野中先生抬頭看向高聳公寓上方的夜空，對滑瓢爸爸說：

「慶祝派對該結束了，天快亮了。」

熟睡的烏天狗爸爸終於醒了。在早晨即將降臨化野原集合住宅區的時刻，妖怪們各自回到自己的家。

河童一族沿著河川回到中央公園。送行狼一族在搶救小天狗大作戰中立下大功，驕傲的回到了樹林深處。烏天狗一家向大家道謝，返回他們位在南町一丁目A棟的塔屋。

回家的路上，山姥奶奶對野中先生說：

「我跟你說，你今天做的那個塞滿紅豆餡的魚，比我這輩子吃過的魚都好吃，真希望還能吃到你做的魚……」

野中先生聽到山姥奶奶發自內心的讚美，向她保證一定會再送鯛魚燒給她吃。

轆轤首媽媽也支支吾吾的拜託野中先生。

「我想……可以的話，能將平底鍋和湯鍋送給我嗎？如果有平底鍋和湯鍋，我就能煮菜了。過去我只做過飯糰，但今後我想學著親手做菜。」

「沒問題，」的場局長代替野中先生笑著回答：「我們還有多的平底鍋和湯鍋，我再送過去給你，你一定很快就能成為出色的料理大師！」

轆轤首媽媽有些不好意思，笑著向的場局長和野中先生道謝，隨即跟阿一、小覺和奶奶一起回家。

大力士阿天與滑瓢爸爸留下來幫忙收拾場地，把所有道具放回野中先生的休旅車內，將廣場恢復原狀後，阿天便背著還在熟睡的見越入道爺爺回家了。

滑瓢爸爸對野中先生和的場局長說：

「今天的派對很好玩，雖然發生了意外的小插曲……」

「都是多虧有你，」野中先生深有所感，「有你在，我們才能順利救出小天狗。也多虧有你，妖怪們才能和所有住戶一起生活，相安無事的度過一百天。」

「哪裡哪裡，你過獎了。這不是我的功勞，這一切都是拜野中先生和的場局長所賜。你們兩位身為人類，卻為了我們這些妖怪設身處地做這麼多事，我真的很感謝你們。如果這裡沒有妖怪，你們也不用這麼辛苦，但是你們從來沒有抱怨過。」

「沒有妖怪的城鎮很無聊，」野中先生說：「要是沒有妖怪，人類就會忘記敬畏、恐懼和不可思議的事情，如此一來，這個世界該有多無聊啊？我們居住的城鎮就是因為有妖怪才有趣，就像有光就有影子，也像夜晚過後黎明一定會到來一樣。冬天來了，接著就是春天。有人類就一定有妖怪，有妖怪就會有人類，這是我發自內心的想法。」

接著，野中先生表情嚴肅的對滑瓢爸爸說：

「其實我有件事想拜託你。」

滑瓢爸爸驚訝的看著野中先生。

「是嗎？是什麼事呢？」

「你願意到地區共生課工作嗎？我希望你可以來協助我。」

滑瓢爸爸不敢置信的瞪大雙眼，直盯著野中先生看，最後才緩緩開口。

「你要聘僱妖怪嗎？你剛剛的意思，是要我去市公所工作嗎？」

「是的，」野中先生點頭說：「當然，我會支付薪水。老實說，我一直在找可以和我一起工作的夥伴，先住妖怪的問題越來越複雜，也越來越多樣化，光靠我一個人已經快處理不了了……可是，我也不能隨便找一個人來幫我。我的夥伴必須可靠、口風緊，最重要的是必須了解妖怪，而你是最適合的人選。今天晚上拯救小天狗時，你不僅能臨機應變還具有行動力，如果有你幫忙，我們可以說是如虎添翼、錦上添花，無論遇到任何難題都能立刻解決。請你接受我的請求，來幫助我吧！」

野中先生熱情的邀約，讓滑瓢爸爸認真思考起來，的場局長也在一旁靜靜的看著他。

不知不覺天漸漸亮了，清涼的早晨微風吹過樹林，滑瓢在此時開口說：

「我明白了。雖然不知道能幫上什麼忙，但只要是我做得到的事情，我都樂意去做。」

野中先生如釋重負，對著的場局長開心的點頭說：

「太好了，這樣我就放心了！」

「真是太好了！」

的場局長也看著野中先生點了點頭。

滑瓢爸爸笑得很開心，臉上的鬍鬚還跟著笑容擺動了起來。

「說真的，我從沒想過自己會到市公所工作。你真的要聘僱妖怪嗎？畢竟全日本的公家機關，只有你這個單位有妖怪任職喔！」

「不管其他單位有沒有妖怪任職，也不管你是人類還是妖怪，這些都與我聘請你來工作沒有關係。滑瓢先生，我需要你的幫忙。」野中先生說。

的場局長也堅定的說：「聘請你來工作完全沒問題！」

籠罩四周的黑夜逐漸散去，早晨的氣息越來越清晰。野中先生在朝霞的映照下開著白色休旅車離開，的場局長與滑瓢爸爸則漫步走回各自的家。

就這樣，滑瓢爸爸進入市公所地區共生課工作，成為了野中先生的左右手。

轆轤首媽媽靠著滑瓢爸爸的薪水維持家計，而且每天都用的場局長送的湯鍋與平底鍋烹煮美味料理。

或許是因為可以吃到媽媽親手做的美味料理，也可能是因為滑瓢爸爸每天下班都會順道買鯛魚燒回家，所以山姥奶奶不再像以前那樣想吃寵物或人類。不過，偶爾看到肥嘟嘟的人類時，山姥奶奶還是會遺憾的輕輕嘆氣。

對了，說到在化野原集合住宅區入口前的蜿蜒山路，以前每天晚上都有人在那裡飆車，讓居民很困擾，但是最近完全沒看到飆車族，聽說只要晚上在那條山路上飆車，就會遇到詭異的事情，久而久之就沒人敢在那裡撒野了。

據說那裡有一個赤腳小男孩，會以極快的速度追逐機車，還有個身體龐大得直達天際的老爺爺，會堵住飆車族的去路……對了，還有一名女性會在路邊伸長脖子追車……就是諸如此類的小故事。

妖怪九十九一家，如今依舊和樂融融的生活在化野原集合住宅區東町三丁目B棟的地下十二樓，如果你剛好在沒有月亮的夜晚出門散步，或許會在住宅區中遇到喜歡在暗夜出門的九十九一家。

注⑤：英國作家路易斯·卡羅創作的《愛麗絲夢遊仙境》中，一種擁有特殊笑容的貓。

注⑥：古代以地支計時，丑時為凌晨一點到三點之間，一刻約十五分鐘，故丑時三刻意指深夜一點四十五分。日本民俗學家柳田國男認為，丑時三刻為日本幽靈、妖怪出沒的時間。

推薦文

怪裡怪氣怪可愛的妖怪一族，就在你身邊！

文／游珮芸　國立臺東大學兒文所所長

你對日本妖怪出沒地的印象是如何？在傾頹破落的廢棄房屋裡？在深山老林的荒野中？野溪裡有河童？幽暗隧道或橋墩的隱蔽處？總之，要帶點鬼魅陰森的氣氛，或是人跡罕見之處吧。富安陽子創作的《妖怪一族》系列，卻顛覆了大多數人的印象，故事中怪裡怪氣又怪可愛的妖怪一家，卻住在全新的集合住宅區和人類一起生活！可以想見，將會發生多少稀奇古怪又趣味橫生的事件了。

事情是這樣的，故事中，因為人類開發山林地，在「先住妖怪」的居住地大興土木，蓋了一大片的集合住宅，讓「先住民」（妖怪）的居所遭到破壞，幸好新市鎮的市公所地下室有一個祕密部門「地區共生課」，專門處理因為住宅開發而衍生的「先住妖怪」問題。在溝通與互相妥協下，讓妖怪們與人類一起住進新的集合住宅區！妖怪和人類如何「共生」？會是守望相助或是互相驚嚇、騷擾？富安陽子以流利的文筆，幽默又有深刻意涵的情節，回應了讀者的疑惑。

富安陽子在大學時期主修日本平安時代的文學，著名的《源氏物語》和《平家物語》是文學訓練的基本功，兩部作品中都出現很多怨靈和鬼怪；讓富安陽子對於那樣的世界觀產生很大的興趣，於是以「平安時代的妖怪」為主題寫了一篇畢業論文。在一篇日本雜誌的訪談中富安陽子提到，現在她到日本各地旅行或演講時，都還會特地買當地的誌怪傳説，而富安陽子的兒童文學作品也大量以此為素材。

在訪談中，富安陽子還説道：「『妖怪』這個詞，我認為原本就存在於人類之中。從人類產生了『畏懼』的意識開始……它就與人一同誕生，我認為它永遠不會消失。」換句話説，不論人類建造了多麼堂皇瑰麗的建築，發明了上天下海的交通工具，科學發展得再迅速，這個世界的「神祕」仍然不會被消磨殆盡。《妖怪一族》系列在顛覆性故事的趣味中，其實就隱藏著與「妖怪」（神祕、未知）共生、共存的創作理念。

當然，《妖怪一族》中非血緣的九十九先生一家七口，每一個角色都有立體、鮮明的個性和怪癖（特殊能力），光是看他們由各自的「特異功能」衍生出的笑話和情境，就足以讓小讀者捧腹大笑，忍不住一口氣「追劇」看下去。而此系列的插畫是由著名的藝術動畫導演山村浩二擔綱，精妙的插圖畫龍點睛的散見於文字中，為故事氛圍大大加分，也讓人類與妖怪共處的世界歷歷在目。

妖怪一族①

妖怪九十九搬新家

作者｜富安陽子
繪者｜山村浩二
譯者｜游韻馨

責任編輯｜江乃欣
特約編輯｜葉依慈
封面及版型設計｜a yun、林子晴
電腦排版｜中原造像股份有限公司
行銷企劃｜林思妤、葉怡伶

天下雜誌創辦人｜殷允芃
董事長兼執行長｜何琦瑜
媒體暨產品事業群
總經理｜游玉雪
副總經理｜林彥傑
總編輯｜林欣靜
行銷總監｜林育菁
主編｜李幼婷
版權主任｜何晨瑋、黃微真

出版者｜親子天下股份有限公司
地址｜臺北市104建國北路一段96號4樓
電話｜（02）2509-2800　傳真｜（02）2509-2462
網址｜www.parenting.com.tw
讀者服務專線｜（02）2662-0332　週一～週五：09:00~17:30
讀者服務傳真｜（02）2662-6048　客服信箱｜parenting@ cw.com.tw
法律顧問｜台英國際商務法律事務所．羅明通律師
製版印刷｜中原造像股份有限公司
總經銷｜大和圖書有限公司　電話：（02）8990-2588

出版日期｜2024年2月第一版第一次印行
書　　號｜BKKCJ110P
定　　價｜320元
I S B N｜978-626-305-659-6

訂購服務
親子天下Shopping｜shopping.parenting.com.tw
海外．大量訂購｜parenting@ cw.com.tw
書香花園｜臺北市建國北路二段6巷11號　電話（02）2506-1635
劃撥帳號｜50331356 親子天下股份有限公司

國家圖書館出版品預行編目資料

妖怪一族. 1, 妖怪九十九搬新家 / 富安陽子文 ; 山村浩二圖 ; 游韻馨譯. -- 第一版. -- 臺北市 : 親子天下股份有限公司, 2024.02
184面 ; 17*21公分. -- (樂讀456 ; 110)
國語注音
譯自 : 妖怪一家九十九さん
ISBN 978-626-305-659-6(平裝)
861.596　112020725